마침내 운전

15년 묵은 면허증을 들고 거리로 나선
늦깎이 초보운전자의 좌충우돌 성장기

마침내 운전

글 신예희

애플북스

※

prologue

아마도 30대 후반, 혹은 마흔 살 무렵이었던 것 같다. 갑자기 모든 게 불안해졌다. 나는 언제나 고만고만한 채 그대로인데, 다른 사람들은 훨씬 치열하게 사는 것 같았다. 다들 한없이 젊고 경쟁력 있는 것 같았다. 어찌어찌 지금까지 꾸역꾸역 일해오긴 했지만 혹시 나, 생각보다 별로인 건 아닐까? 역량이 부족한 건 아닐까? 뒤처진 줄도 모른 채 억지로 여기까지 온 건 아닐까?

나를 둘러싼 시스템이 낯설고 버겁게 느껴질 때가 있다. 변화가 절실하다. 맘 같아선 영차, 하고 시스템을 완전히 뒤집어 새로운 판을 짜고 싶지만 개인이 실제로 할 수 있는 건 그리 거창한 게 못 된다. 이럴 때 나는 자신을 살살 다독이는 일부터 시작한다. 청소도 좋고 산책도 좋다. 몸이 되었든 마음이 되었든, 나를 중심으로 가까운 곳부터 조금씩 살살.

귀찮거나 막막해서 내내 미뤄두었던 일에 도전해도 좋겠다. 특정 분야의 공부라든가, 마음속에 담아뒀던 봉사활동이라든가, 숨이 턱 끝까지 차오르는 운동 같은 것. 뭐든 정신없이 해나가다 보면 어느새 마음이 개운해질지도 모른다.

나에게는 그게 운전이었던 것 같다. '그런 것 같다'며 애매하게 말하는 이유는, 그때는 몰랐기 때문이다. 그저, 새로 이사한 동네에서 고립감을 느끼다 못해 탈출하고 싶은 마음에 눈 딱 감고 시작했을 뿐인걸. 이렇게 심장이 떨릴 줄 몰랐고, 이렇게 즐거울 줄 몰랐다. 일상의 우선순위가 바뀌게 될 줄도 몰랐다.

이제 무언가를 새로 시작할 때면 운전을 떠올린다. 배움이란, 그게 무엇이든 지겹고도 지루한 순간이 오기 마련이다. 초반엔 특히 더하다. 같은 부분을 무조건 달달 외워야할 때도 있고, 한두 가지 동작만 하염없이 반복해야 할 때도 있다. 이렇게 해서 뭐가 달라질지, 슬슬 확신이 옅어지고 인내심이 바닥난다. 하지만 악기도, 언어도, 체력단련도, 이런 순간을 절대 피해 갈 수 없다(피할 수 있게 해준다는 사람이 있다면 100% 사기꾼이다).

지치고 막막할 무렵, 입 속으로 중얼중얼 말한다. 야, 내가 마흔 살에 운전도 해냈는데 뭘 못 하겠어. 그렇게 바들바들 떨었지만, 욕도 바가지로 먹었지만, 여기저기 긁고 긁혔지만, 어느새 여기까지 왔잖아.

세상 사람들 대부분 할 수 있는 건 어지간하면 나 역시 할수 있다는 것도 새삼 다시 배웠다. 맞아, 길거리에 저렇게 자동차가 많은데 나라고 못 할 거 없지! 남들 다 하는 운전, 드디어 나도 한다! 이게 뭐라고, 굉장히 기뻤다. 정말 이게 뭐라고.

프리랜서로 오랫동안 쉬지 않고 일하는 내내, 나는 내가 사회에 제대로 편입하지도 스며들지도 못한 것 같아 고민했었다. 조직의 울타리 밖에 있다는 건 이렇게나 불안한 것이다. 어렵게 끌어올린 자신감과 자기 확신은 약간의 바람에도 금세 휘발된다. 내 나이, 내 연차엔 다들 어느 정도 규모의 일을 하고 얼마를 버는지도 궁금했지만 물어볼 곳이 없었다. 어떻게들 불안을 다스리고 미래를 계획하는지도 알고 싶었지만, 괜히 어설프게 내 얘길 꺼냈다간 약점으로 돌아올 것 같았다. 그런 와중에 운전이라는 숙제를 어떻게든 해내니 정말이지 뿌듯한 거다. 그래, 오래 걸렸지만 드디어 능력 하나 추가했다고.

어쩌면 놀림거리가 될지도 모르겠다. 운전이 뭐 대단한 거라고 호들갑이야. 그러게요. 그런데 제 마음이 이렇게 좋네요. 불안감과 초조함이, 고립감이 어느새 무척 줄어들었다. 그렇다고 멘탈 관리를 위해 운전을 시작한 건 아니다. 그냥 해야 하니까 눈 질끈 감고 덤볐을 뿐인데, 이제 와서 지난 몇 년을 돌아보니 놀랍고 즐겁다. 운전이 나에게 숨 쉴 구멍을 만들어주었구나. 하길 정말 잘했어.

아직 망설이시는 분들께 제 이야기를 들려드리겠습니다. 부디, 즐겁게 읽어주시길.

차례

PART 1

액셀 페달은 어느 것인가요?

#연수

#여기가 어디지?

#첫주유

#하이패스 무단 통과

결심, 전설의 시작

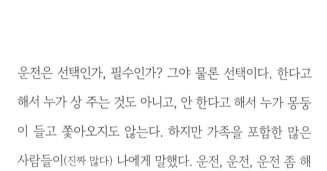

운전은 선택인가, 필수인가? 그야 물론 선택이다. 한다고 해서 누가 상 주는 것도 아니고, 안 한다고 해서 누가 몽둥이 들고 쫓아오지도 않는다. 하지만 가족을 포함한 많은 사람들이(진짜 많다) 나에게 말했다. 운전, 운전, 운전 좀 해라! 아니, 안 할 만하니까 안 하는 건데 왜들 그래. 내가 알아서 할 텐데 왜 그렇게들 보채는 거야.

모두들 나 좋으라고, 도움되라고 하는 말이라고들 했지만 같은 말을 계속 듣다 보면 짜증이 난다. 해야 되면 그때 할게, 필요하면 그때 할게, 그냥 내가 알아서 할게.

운전을 하지 않을 이유는 아주 많다. 우선 서울에서 나고 자란 사람답게 촘촘한 대중교통 시스템에 익숙하다. 운전은 낯설고 위험하며, 돈도 꽤 들 것이다. 그 와중에 방향치라 집 앞에서도 매번 어리둥절한다. 아 맞다, 주차하는 게 또 그렇게 어렵다던데. 그리고 또, 그리고 또…… 뭐든 그렇지만 이유는 언제나 넉넉하다. 찾기 나름이다. 이게 이유인지 핑계인지는 나만 안다는 게 문제긴 하지만.

하여간, 운전 좀 배우라는 소리를 들을 때마다 요런 것들 중 하나를 들이밀며 방어하곤 했다. 내가 이래서 운전을 못, 아니 안 하는 거야. 하지만 영영 안 할 거란 소린 하지 않았다. 하긴 할 건데, 일단 지금은 좀 그래. 면허도 오래전에 벌써 따났다고. 그저 지금은 딱히 불편한 게 없을 뿐이야. 중얼중얼…. 그러다 정신을 차려보니 어느새 막다른 골목이었다. 아니, 벼랑 끝이기도 했다.

어라, 여기가 어디지? 어디긴, 용인 어드메의 커다란 아파트 단지다. 새 아파트의 초기 입주자라니, 뭐든 다 반짝거리는 새것이겠지 하며 두근두근 신나게 이사했는데, 그도 그럴 게 첫 독립이라 설렐 만했다. 하지만 너무 새 단지라는 게 문제였다. 당장 대중교통이라곤 급히 생긴 마을버스 노선 딱 한 개뿐인데, 몇십 분씩 기다려서 버스에 올라타 한참을 달려야 제일 가까운 지하철역에 도착한다. 숨넘어가겠다.

아파트 단지 주변이라면 으레 있을 법한 가게 3종 세트, 그러니까 편의점과 프랜차이즈 빵집, 저가 커피점도 하나 없는 채로 첫 2년이 지나갔다. 아니, 편의점도 없다는 게 말이 돼? 되더라고요. 입주 3년째로 접어들 무렵에야 이런저런 가게들이 하나씩 들어섰지만, 그땐 이미 중증 답답병 환자가 된 지 오래였다.

이 정도의 고립감은 난생처음이다. 집을 사무실 삼아 일하는 프리랜서라 더 그랬을까? 종일 요 안에만 콕 박혀 있어서 더 심했겠지. 독립하기 전까지는 부모님 집에 살면서, 분당 서현역(언제나 시끄럽게 북적인다) 근처에 오피스텔을 장만해 매일같이 출퇴근했다. 꼬박 10년을 그렇게 일했고, 이제 드디어 완전히 독립해 재택근무를 하게 되었으니 훨씬 편하고 좋을 줄 알았지만 웬걸, 계산이 틀렸던 거다. 내가 이렇게까지 인간의 흔적에 목말라할 줄 미처 몰랐다. 그러고 보니 혼자서 외국 여행을 할 때도 어지간하면 가장 크고 붐비는 대도시를 찾아, 거기에서도 제일로 정신없는 중심 지역에 머문다. 나는 혼자지만 주변은 북적거렸으면 좋겠다. 이런 인간이, 조용하다 못해 고요한 동네로 셀프 귀양을 와선 몇 년이나 혼자 있었으니 속 터질 만도 하지.

어느 날 문득 내 상황이 상당히 아슬아슬하다는 걸 자각하고선 신경정신과를 찾아갔다. 상담 시간이 기대한 것보다 훨씬 짧아서 아쉬웠지만(심리상담과 착각했다), 담당 의사의 한마디가 귀에 확 꽂혔다. 지금 상황이 그러하니, 운전을 하는 것도 도움될 겁니다. 오랫동안 숱하게 들은 운전해라 소리인데, 희한하게 이날은 달랐다. 이게 바로 '사' 자들어간 전문가의 힘인가?

어쨌든 언제나처럼 그냥 넘겨버렸다간 돌이킬 수 없는 일이 생길 것만 같은 위기감에, 그 한마디를 동아줄처럼 덥석 잡고 위로 올라가기로 했다. 무를 수도 없게, 곧바로 눈 딱 감고 자동차부터 냅다 계약했다. 화끈하군!

그 몇 년간의 고립은 여러 가지로 힘들었지만, 덕분에 배운 것도 있다. 질병, 육아, 장애 등 여러 가지 이유로 자유롭게 외출하기 힘든 사람이 느끼게 될 좌절감에 대해 처음으로 진지하게 생각해보는 계기가 되었다. 갑갑함과 심심함에서 나아가 절박해지고, 좌절하고, 분노하게 될 것이다. 누가 도와준다고 해도, 도움을 청하는 과정에서 자연스레 수동적인 약자가 된다. 양해를 구하고 시간을 조율할 필요 없이, 상황을 구구절절 설명할 필요 없이 원할 때마다 기동력을 쓸 수 있다는 건 상상 이상으로 대단한 거였다. 기동력을 잃으면 우선 발이 묶이고, 곧 생활의 많은 부분이 묶여버린다.

15년간 곱게 묵힌 면허증을 꺼냈다. 어디 놔뒀는지 기억나지 않아 당황했는데, 다행히 책상 맨 위 서랍에 얌전히 들어 있었다. 하긴, 꺼낼 일이 없었으니 그냥 그 자리에 있었겠지. 이 글을 쓰다 말고 후다닥 조회해보니 2001년 1월 15일에 운전면허를 취득했다고 한다. 그, 그랬나요? 맞네, 동네 친구들 서너 명이서 함께 운전학원에 등록했던 게 살금살금 기억나네. 문제집을 한 권 사서 후루룩 풀어본 다음 곧바로 필기시험을 치렀고, 가볍게 합격했다. 장내 기능시험도 한 번에 합격하긴 했는데, 지금도 내가 뭘 어떻게 한 건지 전혀 모르겠다. 대충 시동을 걸고 어어… 했는데 금세 합격이었던 걸 보니 시험 난이도가 말도 안 되게 낮았나 보다. 요즘은 무척 까다롭다던데, 괜히 죄송합니다. 저 같은 게… 흑흑…. 그래도 도로 주행시험에선 한 차례 불합격한 걸 보면 정의가 요만큼은 살아 있었던 모양이다.

어쨌든 여차저차, 어리둥절한 상태인 채로 면허증을 받았다. 나 원 참 어이없네, 이렇게 아무한테나 면허 내주면 안 되는데, 너무 감사하네….

그러고선 딱 두 번 운전해봤다. 모친과 함께 당시에 거주하던 송파구 어딘가를 한 바퀴 돌았고, 아주 많이 무서웠던 기억이 있다. 면허만 따면 즐겁고 설렐 줄 알았는데 요만큼도 그렇지 못했다. 조수석의 모친에게선 따스한 잔소리와 숨넘어가는 비명을 잔뜩 들었다. 하긴, 애초에 아파트 주차장에서 차를 빼는 것도, 다시 주차하는 것도 모두 모친이 대신 해주었으니 실제로 내가 한 건 운전이라기보다는 그저 직진이었겠다.

두 번째 시도는 부친과 함께. 양친이 한 번씩 기함해야 공평하다. 음력 설 연휴라 시내 도로가 한가할 거라는 격려에 힘입어 용기를 낸 결과, 매우 장렬히 남의 차를 콩 박는 짓을 저질렀다. 그것도 멀쩡히 서 있는 차를….

피해 차주   아니, 엄청 느리게 굴러오더니 멈추질 않으시더라고요?

나   죄송합니다!

피해 차주   설마 박을까 했는데 진짜 박네요?

나   죄송합니다! 죄송합니다!!!

연초부터 어이없는 일을 보신 피해 차주님, 정말 너무 죄송합니다. 분명 눈앞의 차를 보고 브레이크를 밟았는데, 그랬던 것 같은데, 대체 뭐가 어떻게 된 건지 지금도 모르겠다. 넋이 나간 나 대신 부친이 상황을 처리했고, 나는 그날로 운전을 깨끗하게 포기했다. 안 해, 안 해. 버스랑 지하철 타면 되는데 왜 운전을 해. 이렇게 사고나 칠 텐데.

그로부터 약 15년 후, 정확히는 2016년 3월 8일에 내 집 아파트 주차장에서 인생 첫 자동차인 기아 레이를 인수했다. 운전 주행 연수는 바로 그 다음 날 아침에 시작했고. 면허증이 있다고 해서(중간에 갱신도 했다) 무작정 운전할 수는 없었다. 15년간 어지간한 건 머릿속에서 싹 다 휘발되었는지, 액셀과 브레이크의 위치부터 다시 시작해야 했다.

자동차 계약을 한 후 인수하기까지는 열흘 정도 걸렸는데, 그 사이 주차장에서 애인의 자동차로 여러 차례 운전을 시뮬레이션해보았다. 무슨 말이냐면, 세워둔 차 안에서 상상의 운전을 했다는 거다. 장난 같지만 무척 진지하게. 궁금한 것이 무척 많았다. 어느 쪽이 브레이크야? 어느 쪽 발로 밟는 거야? 헤드라이트는 어떻게 켜는 거고? 질문이 쌓여 갈수록 애인의 얼굴이 썩어갔다. 그렇지만 나는 대낮에 면허를 딴 거라서 헤드라이트를 켜볼 기회가 없었다고. 날씨도 맑아서 와이퍼도 안 써봤고… 중얼중얼….

표현은 그렇게 했어도 레이가 도착하니 꽤나 설렜는지, 애인은 고사를 지내야 한다고 강력하게 주장했다. 웬 고사? 나의 가족은 차례도 제사도 지내지 않으니 애초에 고사는 전혀 생각도 못 했던 일이다. 그렇지만 뭐, 재미있을 것 같네.

둘이서 반짝거리는 새 레이를 몰고(애인이 운전했다) 가까운 이마트로 가, 막걸리 한 병과 편육, 딸기 한 상자와 좀 비싼 초콜릿을 샀다. 어차피 끝나고 내가 먹을 테니 좋아하는 걸로만 골랐다. 그러곤 집 근처의 빈 땅에 차를 세운 다음 밖으로 나왔는데… 잠깐, 근데 고사라는 건 어떻게 지내는 거지? 말만 꺼냈지, 애인 역시 방법을 모른다길래 그저 자동차 네 바퀴에 막걸리를 조금씩 붓고, 고개를 꾸벅 숙여 무사고를 빌었다. 이걸로 간단히 끝. 이제 와서 생각하니 인터넷 검색이라도 해볼걸 그랬다. 이왕 하는 거, 진지하게 할걸.

어쨌든 얼렁뚱땅 고사도 지냈으니 이제부턴 나만 잘하면 될 텐데, 당장 내일 아침 첫 운전 연수인데, 과연 잘할 수 있을까….

연수, 공포의 시작

지금 막 첫 연수를 마치고 돌아왔다. 아드레날린인지 뭔지가 콸콸 나와서 정신이 하나도 없다. 얼굴이 시뻘겋고 어깨는 뻐근하고 오른쪽 발등이 엄청 땡긴다. 오른쪽 발을 엄청 쓴다. 브레이크 밟는 거 힘들다! 나 죽는다! 지하 주차장에서만 왔다 갔다 했는데 진짜 무서웠다! 으아아ㅏㅏㅏ아아 내가 좌회전을 했어! 우회전을! 으아아아아아아!!!

운전 연수 첫날에 쓴 블로그 글엔 난생처음 느끼는 흥분과 공포, 환희가 고스란히 담겨 있다. 몇 년 만에 블로그에 접속해 찾아보고선 마구 웃었다. 어이구, 장하다! 새로 산 내 차 대신 연수 강사의 차로 아파트 지하 주차장을 아주 아주 천천히 살살 돌았고, 두 시간의 수업을 마친 후엔 집에서 종일 골골대며 누워 있었다. 그러다 당이 떨어졌다며 케이크를 한 판 사 와선 숟가락으로 퍼 먹었던 기억이 난다. 내가 어찌나 기특하고 대견하던지, 뭐라도 먹여주지 않을 수 없었지 뭐야.

운전 연수 비용은 꽤 비싼데, 일대일 수업이니 당연하겠다. 뭐든 일대일로 배우면 비싸다. 심지어 강사 입장에선 초보 운전자에게 목숨을 맡겨야 하니 위험수당도 포함되지 않을까? 나의 강사는 연수 두 번째 날, 앞으로 쭉쭉 가라는 말을 반복한 끝에 나를 무려 용인에서 도곡동까지 이끌었더랬다. 눈에 뵈는 게 없는 나를 데리고, 제정신인가! 목적지를 미리 말해준 것도 아니다. 나는 그저 땀을 삘삘 흘리며 시키는 대로 했을 뿐인데, 정신을 차려보니 도곡동이었던 것이다. 하긴, 미리 말해줬으면 절대 안 갔겠지. 현명하

군. 신호등도 처음, 터널도 처음, 유턴도 처음이었다(오른쪽
바퀴가 도로 경계석 위로 쑤욱 올라갔다). 도곡동에 도착하니 바
로 옆 차선에서 마이바흐가 달리고 있었다. 아니 저것은 말
로만 듣던… 절대 건드리면 안 되는 그 차가 아닌가.

당시엔 내가 얼마나 긴장하고 무서운지만 생각했는데, 돌
이켜보니 강사가 훨씬 더 무서웠겠다. 경주마같이 좁디좁
은 시야각을 가진 나를 믿고 어떻게 그 먼 길을 갔을까.

운전 연수를 받는 날이면 하염없이 땀을 흘렸다. 3월 초라
여전히 꽤 쌀쌀했는데도 그렇게나 땀이 났고, 귀에선 '삐
이-' 하는 소리가 났다. 매번 수업을 마친 후엔 어깨와 목
에서부터 시작해 온몸이 다 쑤셨다. 크로스핏 체육관에서
한 시간 정도 뒹군 거랑 비슷했다. 특히 오른쪽 발이 많이
아팠는데, 언제든 브레이크를 밟을 준비를 하느라 잔뜩
긴장해 발등과 종아리가 뻐근하게 땅겼다.

15년 전, 면허를 따자마자 곧바로 운전을 시작했다면 좀

나았을까? 지금보단 빨리, 쉽게 배웠을까? 그랬을지도 모르겠다. 운전 연수는 각자의 나이만큼 받으라는 얘기가 있다. 20대는 20시간, 30대는 30시간, 뭐 이런 식으로. 숫자가 꼭 중요하다기보단, 나이를 먹을수록 반사신경과 판단력 등이 약해질 수 있으니 시간을 충분히 들여 신중하게 연습하라는 의미일 것이다. 당시 갓 마흔 살이 된 나는 우선 10시간의 연수를 신청했고, 이후 한 번 더 연장해서 총 20시간을 받았다. 그다음부턴 혼자서 매일같이 야금야금 운전 연습을 해나갔다.

뭐가 그렇게 재미있었을까? 도로에 나갔다 하면 사방에서 클랙슨 소리를 들으면서도 참으로 열심이었다. 아니지, 도로는커녕 아파트 지하 주차장에서부터 빵빵 세례를 받곤 했다. 그래도 굴하지 않고 하루도 빠짐없이 연습, 또 연습. 스릴을 즐기는 편은 아니다. 그 반대다. 나는 정말, 정말, 안전과 안정을 추구한다. 돌다리고 시멘트 다리고 간에 뭐든 일단 두드려보고, 다른 사람들이 건너는 걸 충분히 관찰한 후 조심조심 건너는 타입이다. 그런데 내 몸보다 훨씬 큰 차를 몰고서 북적이는 도로에 진출했으니 얼마나 신경이 곤두섰겠는가. 온 사방에 조심할 일투성이인데, 스치기만 해도 큰일인데.

그런데 신기하게도, 오히려 머릿속이 단순해지고 맑아졌다. 8차선 도로 위에서, 터널 안에서, 나 좀 끼워달라며 방향지시등을 켜고 애절하게 손을 팔랑팔랑 흔들면서, 내 고민의 우선순위가 재정렬되기 시작했다. 대출 이자고 마감 일정이고, 인간관계고 노후 걱정이고 뭐고 알 게 뭐야. 당장 살아서 집에 가는 게 먼저지, 이 사람아!

운전 연습은 땀 흠뻑 흘리는 운동이기도, 고요한 명상이기도 했다. 사소하거나 사소하지 않은 고민을 잠시 잊게 해주었다. 이후 운동 PT를 받으면서 무척 흡사한 경험을 했다. 세상 모든 시름을 날려주는 공포의 유산소와 웨이트 트레이닝….

연수 마지막 날, 강사가 자그마한 장난감 자동차를 선물

해주었다. 어머, 귀여워라. 이 시간을 오래오래 기억해달라는 의미일까, 라며 아련하게 감상에 젖으려는 순간 강사가 말했다. "이걸로 후방 주차 연습 좀 하세요. 종이에 주차선 그려서요." 아 네, 잘 알겠습니다. 하긴, 연수 기간 내내 수도 없이 그를 기겁하게 만들긴 했다. 그새 득음했는지, 첫날과 마지막 날의 성량 차이도 상당했고. 내 거친 핸들링과, 불안한 깜빡이와, 그걸 지켜보던 강사님, 그건 아마도 전쟁 같은 연수… 정말 고생 많으셨습니다.

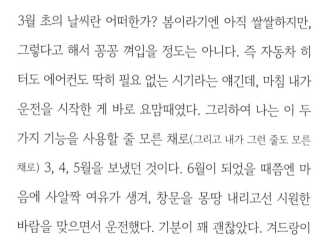

서툴러서 설레고

3월 초의 날씨란 어떠한가? 봄이라기엔 아직 쌀쌀하지만, 그렇다고 해서 꽁꽁 껴입을 정도는 아니다. 즉 자동차 히터도 에어컨도 딱히 필요 없는 시기라는 얘긴데, 마침 내가 운전을 시작한 게 바로 요맘때였다. 그리하여 나는 이 두 가지 기능을 사용할 줄 모른 채로(그리고 내가 그런 줄도 모른 채로) 3, 4, 5월을 보냈던 것이다. 6월이 되었을 때쯤엔 마음에 사알짝 여유가 생겨, 창문을 몽땅 내리고선 시원한 바람을 맞으면서 운전했다. 기분이 꽤 괜찮았다. 겨드랑이

땀도 금방 식고 좋네. 그리고 7월의 어느 날, 분당 어드메를 달리다 문득 생각했다. 이젠 더 못 참겠는데? 너무 더운데?

뭐 이런 바보가 있나 싶으시겠죠. 처음이라 그랬습니다. 좀 봐주세요. 다른 사람이 운전하는 차를 숱하게 얻어 탔으면서도, 조수석에도 그렇게 자주 앉았으면서도, 수다를 떨거나 유리창에 이마를 문대면서 자는 것 말고는 딱히 한 게 없었다. 내가 하나부터 열까지 책임져야 하는 내 자동차가 생기고 나서야 실감했다. 와, 나 자동차에 대해 아는 게 너무 없네. 에세이를 쓰다 보면 그러잖아도 얄팍한 내 밑바닥이 확 드러나버리는 기분이 드는데, 딱 지금이 그렇다. 그래도 계속 써보자.

하여간 그때만 해도 운전 도중에 에어컨 작동법을 더듬더듬 탐구할 만큼의 깜냥은 아직 없을 때라 일단 잔뜩 더운 채로 계속 달렸고, 볼일을 보고 돌아와 아파트 주차장에 차를 세워놓곤 두툼한 자동차 매뉴얼을 꺼내어 후루룩

넘겼다. 에… 어… 컨… 여깄다. 아하, 이렇게 켜는 거구나. 성공적으로 에어컨을 작동시킨 채 지하 주차장을 한 바퀴 빙 돌았다. 흡족하다. 이걸로 상황 종료. 하지만 그때는 몰랐다. 몇 달 후 덜덜 떨면서 급히 히터 사용법을 검색할 줄은….

그래도 뿌듯하다. 엄청나게 뿌듯하다. 차갑고 뜨거운 바람을 다스리는 자가 되었는걸. 뒤이어 야간 운전과 빗길 운전, 때론 두 가지가 합쳐진 운전을 해야 하는 순간을 맞닥뜨렸고, 살기 위해 헤드라이트(전조등)의 세계를 영접했다. 앞서 말씀드렸듯 저는 대낮에 면허를 취득한 관계로 라이트를 켜볼 기회가 없었답니다, 호호…. 처음 몇 번은 하이빔(상향등)과 헷갈려서 자꾸 엉뚱한 걸 켜곤 했다. 어느 늦은 시간, 신호 대기 중에 옆 차선 운전자가 창문을 내리고선 연신 손을 흔들길래 무슨 일인가 했는데, 하아안참 전부터 내 차의 하이빔이 켜져 있었다며 호통을 쳤다. 예? 제가요? 아이구야, 족히 삼십 분은 켠 채로 밤길을 달렸으니 혼날 만했네. 이건가 저건가, 더듬더듬 겨우겨우 전조등으로 바꾸어 컸다.

와이퍼는 어땠냐고? 비가 갑작스레 후두두둑 쏟아지던 날, 눈에 뵈는 게 없는 채로 어찌어찌 사용법을 배웠다. 셀프 주유소에 진출한 날, 셀프 아닌 주유소에 진출한 날 모두 생생히 기억난다. 예희야 정신 차려, 너 경유 아니야. 노란색 노즐이 휘발유라고…, 라며 주문을 외웠지.

기름 넣는 것도 무섭지만, 자동 세차기도 만만찮게 긴장된다. 어디 보자, 우선 사이드미러를 접은 후 요 좁은 세차기 입구로 들어간다. 그다음 기어를 중립(N) 위치에 놓고 핸들에서 손을 뗀다. 그러곤 기계에 모든 걸 맡기는 거라는데, 아니 잠깐만, 뭘 믿고 맡긴다는 거야? 무지막지하게 생긴 솔이랑 걸레가 마구 돌아가는데, 센 바람이 나오는 시꺼먼 기구가 앞 유리창에 너무 가까이 다가오는데? 어어? 어어어어? 이러다 박는 거 아냐…? 정신을 차려보면 어느새 세차 끝. 오늘도 해냈다. 무사히 살아서 지옥문을 빠져나왔다. 초보 운전자에겐 3대 지옥문이 있다. 좁고 깊은 지하 주차장 입구와 주차타워 입구, 하이패스 입구다. 과연 이 좁은 통로를 뱅글뱅글 돌아서 지하 주차장에 들어갈 수 있을까, 요 주차타워에 내 차를 안전히 쏘옥 집어넣을 수 있을까, 화물차와 승용차의 바다에서 무사히 차선을 바꿔가며 하이패스를 통과할 수 있을까. 거기에 회전교차로와 자동 세차기를 더하면 5대 지옥문이 완성된다. 단테가 운전을 할 줄 알았다면, 《신곡》의 지옥 편은 아마 몇 배는 더 풍성해졌을 것이다. 아 맞다, 평행주차도 빼놓으면 섭섭하지. 좁은 골목 맞은편에서 다가오는 차도 무섭고. 후진하면 된다지만 후진이야말로 진짜 공포스럽단 말야!

서툴고 정신없지만, 서툴러서 설레기도 한다. 희한하게도 그렇다. 40대의 어른은, 특히 나처럼 20년 넘게 프리랜서로 혼자 일해온 사람은 '저 이거 할 줄 몰라요'라는 말을 쉽게 할 수 없다. 몰라도 아는 척, 없어도 있는 척, 시치미 뚝 떼고 표정을 관리해야 클라이언트님께서 일을 내려주신다. 궁지에 몰릴 때면 보는 사람 없는 곳에서 머리를 쥐

어뜯으며 울고, 다시 시치미 뚝. 그러다 아주 오랜만에 완전한 초보자가 되니 마음이 무척 편해진 것이다. 몰라요, 못해요, 소리를 맘 놓고 하는 게 대체 얼마 만인지. 이젠 새로울 것도 신기할 것도 없는 나이가 되었다고 생각했지만, 아니었다. 운전을 할 때마다 배울 거리가 끊임없이 굴러나왔다. 이 긴장감과 압박감, 두렵지만 싫지 않아. 오히려 설레.

왜 그렇게 미뤘을까? 무슨 핑계가 그렇게나 많았을까? 무서워, 힘들어, 부담스러워, 오만 가지 이유를 내세워 운전을 피했다. 저 포도는 시고 맛없을 게 뻔하다며, 보고도 못 본 척했다. 그렇게 생각하니, 새삼 오늘의 나를 돌아보게 된다. 얼마나 많은 신 포도가 여전히 남아 있을지 가늠해본다. 내 발목을 잡고, 내 마음을 늙게 만드는 신 포도가.

그나저나 운전 첫해에 배운 실로 다양한 것 중에서 가장 인상적인 걸 꼽아보자면, 역시 클랙슨 소리의 단계별 차이 겠다. 빵과 빠앙, 빠아앙의 그 미묘한 차이. 하해와 같이 자비로우신 선배 운전자님들께선 이 미천한 초보자의 간이 혹시라도 배 밖으로 나올까 봐 쉴 새 없이 빵, 빠앙, 빠아앙을 날리시어 엄히 꾸짖으신다. 처음엔 가벼운 소리에도 가슴이 마구 떨렸지만, 자주 듣다 보니 익숙해져 그 속에 담긴 꾸짖음의 강도도 금세 파악하게 되었다.

그렇지만 가끔은 여전히 혼이 쏙 빠지게 놀란다. 특히 쁘억을 들었던 순간은 여전히 생생하게 기억난다. 아니, 클랙슨으로 저런 소리가 가능해? 빵도, 빠앙도 아닌 쁘억!!! 지축을 울리는 듯한 쁘억, 느낌표가 세 개는 붙어 마땅한 쁘억. 태풍이 심하게 불다가 잠시 잠잠해졌던 날, 이때다 하며 운전 연습을 하러 나갔다가 다시 몰아치는 비바람에 우왕좌왕했던 날에 어디선가 쁘억이 날아왔다. 도로엔 나 말고도 차가 아주 많았지만, 나는 금방 알 수 있었다. 이건 나에게 날리는 쁘억이다. 내가 또 뭔가를 잘못했구나. 내가 또 누군가를 빡치게 만들었구나.

그 쁘억은 보통 쁘억이 아니었다. 길고 긴 역사 속에서 인류가 차곡차곡 쌓아온, 진하게 농축된 감정의 엑기스가 담긴 쁘억이었다. 지금도 나는 대체 무슨 상황이었는지, 내가 무슨 죄를 지었는지 모르겠다. 그날 저녁, 블랙박스를 열심히 들여다봤지만 정말 모르겠다. 그래도 어쨌든, 인류여. 제가 미안합니다.

안전, 안전, 안전

좌회전 차선이든 직진 차선이든 우회전 차선이든, 맨 앞은 부담스럽다. 다른 차 뒤에서 신호가 바뀌길 기다리는 쪽이 훨씬 마음 편하다. 신호 색깔이 바뀌긴 했지만 진짜로 가도 되는지 확신이 없다. 잠시 머뭇거리기라도 하면 뒤에서 빵 하고 클랙슨이 울린다. 미치겠네. 낯선 지역에서 얼떨결에 여행 가이드 노릇을 떠안은 기분이라고 말하면 지나친 과장일까? 자의식 과잉이라며 핀잔을 들을지도 모르겠다. 누가 네 차 따라온다고 그래, 그냥 편하게 가. 하지만 맨

날 혼나기만 하는 초보 운전자는 온 사방의 눈치가 보인다. 손 번쩍 들고 먼저 나설 자신은 없으니 일단 선배님들이 하시는 걸 보며 그 뒤를 졸졸 따라가고 싶은 것이다. 운전 연수 세 번째 시간에 강사가 말했다. 지금 이 도로 위의 운전자들은 모두 당신보다 운전 경력이 길기 때문에, 당신이 좀 서툴더라도 다들 알아서 피해 갈 겁니다. 첫 1년간 이 말은 나에게 귀한 만트라가 되어주었다. 매일같이 새롭게 만나는 무섭고 당황스러운 순간마다 커다란 위안이 되었다. 그래, 다들 알아서 피할 거야. 새삼 나를 가엾고 어여쁘고 한심하게 봐주신 선배 운전자님들께 깊은 감사를 드린다.

연수 강사의 말을 신뢰하는 이유는, 정석을 가르치기 때문이다. 교통신호와 규정 속도를 준수해서 안전하게 주행하라는 운전의 정석. 적당히 봐서 후다닥 밟으라는 식으로 무책임한 소리를 했다간 문제가 생길 수 있으니 딱 교과서대로 하는 것이다. 다양한 돌발 상황에 유연하게 대처하는 요령도 필요하지만, 일단 교과서를 제대로 숙지하는 게 먼저다. 그래서 가족이나 친구, 애인처럼 가까운 사람보단 생판 남인 전문가에게 각 잡고 배우는 게 훨씬 낫다. 나는 운전뿐 아니라 뭐든 배울 땐 가능한 한 이쪽을 택한다. 특히 처음이라면 더욱 그렇다.

어쩌면 내가 융통성이 부족한 건지도 모르겠다. 지나치게 원칙을 고집하는지도 모르겠다. 하지만 가족이나 친구가 알려주는 운전의 요령이란 보통 이런 식이다. 대충 가라, 지금 그냥 확 가라, 여긴 카메라가 없으니까 빨리 가라. 그때마다 당황스럽다. 가면 안 되는 거 아냐? 특히 차량 신호등이 노란 불로 바뀌었을 때, 멈추기 위해 속도를 줄이면 조수석에서 짜증 섞인 '가!'가 날아오곤 한다. 초보 때나 지금이나 받아들이기 힘든 '가'다. 가긴 어딜 가, 멈춰야지.

한편 내 부모님은 내비게이션이 못내 미덥지 못한지, 안내하는 대로 운전할라치면 왜 그쪽으로 가느냐며 짜증을 내곤 한다. 저쪽 길이 더 낫다는 거겠지만, 운전자에겐 방해되기 일쑤다. 내비게이션은 1초도 쉬지 않고 도로 상황에 집중하지만, 인간은 그렇지 못하다. 바깥 풍경도 보고, 음악도 듣고, 수다도 떨다가 갑자기 '저 앞에서 좌회전했어야지!'라며 뒷북을 치는 식이다. 간헐천이 터지듯 갑작스런 큰 소리에 깜짝깜짝 놀란다. 물론 나도 만만치 않게 버럭한다. 아, 그만하라고! 내가 운전한다고!! 보셨죠, 이래서 생판 남에게 배우겠다는 겁니다. 아름다운 거리를 유지하면서요.

애인과도 숱하게 언쟁했는데, 말이 좋아 언쟁이지 실제론 개싸움이다. 연수 강사는 애초에 이 수강생은 운전에 대해선 아무것도 모르는 상태라 기초부터 하나씩 가르쳐야 한다는 걸 기본으로 깔고 간다(물론 사이사이 설마 이것도 모르냐는 눈치이긴 했지만). 하지만 애인은 그렇지 않은 거다. 에이, 설마 얘가 이 정도는 알겠지. 면허도 땄는데. 요런 생각을 갖고서 나름의 조언을 하려 드니 문제가 발생한다. 예를 들면 이런 상황인데,

애인   저기서 유턴해라.

나	어디?
애인	저 앞에 안 보이나(볼륨 1업).
나	뭐가?
애인	저 앞에 유턴 표지판 안 보이나(볼륨 2업).
나	아, 왜 소리를 지르고 지랄이야(볼륨 10업)???

마침 내 목청이 또 상당히 좋은 편이라, 제대로 버럭하면 애인의 입에 지퍼를 착 채워버릴 수 있긴 하다. 하지만 애인은 표정과 보디랭귀지로 맞대응한다. 눈알을 데굴데굴 굴리더니 어깨를 귀까지 올렸다가 툭 떨어트리고, 한숨을 푸푸 내쉬면서 머리 위 보조 손잡이를 꽈악 붙잡고 늘어지는 식으로. 허이구 이 자식, 일부러 보란 듯 그러는 거 다 안다. 그래봤자 초보 운전자에겐 요만큼도 도움되지 않는다고. 결국 몇 차례(보다는 좀 더 많이) 싸우고 나선 어지간하면 혼자서 운전 연습을 하기로 마음먹었다. 그쪽이 집중도 더 잘된다. 울어도 혼자 우는 게 속 편하다. 흥.

그래도 양심은 있어서, 운전면허 필기시험 문제집을 한 권 사서 새삼 다시 풀어보았다. 이미 십여 년 전에 면허를 따지 않았냐고? 그렇긴 한데, 그래서 문제다. 워낙 오래전에 벼락치기로 합격한 거라 교통신호고 뭐고 머릿속에서 깔끔히 휘발되었을 것이다. 그사이 바뀐 규정도 있을 거고… 라며 운전 연수 강사가 매우 진지하게, 다섯 번쯤 이야기하길래 샀다. 오죽하면 그랬을까 싶다. 비보호 좌회전이 비 오는 날엔 조심해서 좌회전하라는 건 줄 알았으니…. 강사님, 건강하시죠? 저는 잘 지냅니다.

슬슬 고민이 된다. 초보운전 스티커, 붙여, 말아? 여기에 대해선 사람마다 의견이 꽤 갈린다. 스티커가 있든 말든 딱히 봐주는 것 없다는 사람도 있고, 느릿느릿할 게 뻔하니 초보 차는 되도록 피해 간다는 사람도 있다. 차선 변경을 시도하는 모습이 안쓰러워서 잘 끼워준다는 사람도 있고, 오히려 쌩하게 더 빨리 지나간다는 사람도 있다(못됐다!).

두어 달쯤 망설이다, 그래도 붙이기로 결정. 나름 산업디자인 전공자라, 최대한 보기 좋은 걸 찾아 헤맸다. 나의 소중한 첫 자동차에 붙이는 거니 깔끔하고 세련된 걸로 하고 싶다. 진지하고 정중하고 깍듯했으면 좋겠다. 장난스러운 것도, 무례한 것도 싫다. 초보운전 스티커가 무례할 수 있냐고? 있다. 너무 있다. 다들 많이 보셨을 것이다. 대표적인 게 이런 건데,

😔 이 안에 까칠한 내 새끼 있다

😔 가까이 붙으면 브레이크 밟아버린다

😔 운전 못하는 데 보태준 거 있수?

대체 무슨 생각인 건지, 생산자와 구매자 양쪽 모두 이해할 수 없다. 그저, 저런 스티커를 붙인 자동차와는 얽히고 싶지 않다고 생각하는데, 아, 혹시 그래서 일부러 붙이는 건가? 하여튼 열심히 검색한 끝에 거슬리는 곳 없는 무난한 제품을 발견해 냉큼 주문했다. 그리고 언제쯤 그걸 떼었더라? 아마도 10,000km쯤 달렸을 무렵이었던 것 같다. 붙일 때보다 뗄 때가 훨씬 설렜다. 초보운전 스티커 없이도 괜찮을지 걱정하기도 했다. 모르는 사이 내가 은근히 의지

했었나 보다.

그나저나 사람이 먼저인가, 차가 먼저인가? 아무리 생각해도, 한국에선 차에 탄 사람이 먼저인 것 같다. 희한하게도 많은 이들이 운전대만 잡으면 보행자를 낮춰 보는 경향이 있단 말이지. 유아차, 휠체어, 보행 보조기구 등을 이용하는 보행자에겐 참을성이 한층 더 사라지는 모양이고. 운전자끼리도 크게 다르지 않은 게, 규정 속도와 교통신호를 준수하는 운전자는 답답하고 융통성 없다는 소릴 듣기 일쑤다. '너 같은 놈 때문에 길이 막히는 거야'의 너 같은 놈 취급을 받는다. 만약 나에게 안전한 것과 답답한 것, 둘 중 하나를 고르라면 단연 안전한 쪽을 선택할 텐데 말이지. 아이구 미안합니다, 안전한 거 좋아해서…. 저는 피임약도 먹고 콘돔도 쓰는 사람이라서….

보란 듯이 칼치기하는 자동차를 만날 때면, 운전자의 삶의 즐거움이란 저것 말고는 씨가 말랐나 보다 생각한다. 칼치기라도 하지 않으면 자신을 증명할 방법이 없는 것이다. 그렇게 정신없이 차선을 바꿔가며 앞서간 차를 다음번 신호 대기 중에 만날 때면 피식 웃음이 나온다. 하이고, 결국 여기서 만날 건데 뭘 그리 급하게 가셨대.

2022년 7월부턴 우회전 시 횡단보도 통과 방법과 관련해 새로운 교통법규가 시행되었다. 운전자의 보행자 보호 의무를 한층 강화한 규정이다. 그전까진 보행자가 있든 말든, 대기 중인 차 뒤에서 클랙슨을 울리는 차가 꽤 많았다. 신호고 나발이고 빨리 좀 가라는 것이다. 보행자 입장에선 어이없고 위험한 상황이다. 보행자 신호등에 맞추어 길을 건너는데, 횡단보도 위로 차가 쑥 들어오네? 그러곤 브레이크를 확실히 밟기는커녕 슬금슬금 빠져나가네?

이런 이야길 하면 반박하는 사람도 많다. 교통 흐름은 생물 같은 것이며, 흐름을 깨면 안 된다, 네가 아직 운전을 잘 몰라서 그러는 거다 등등. 정말 그런가? 신호위반과 속도위반을 동반한 위험한 운전이야말로 흐름을 깨는 행위가 아닌가? 빨간색에 멈추고, 초록색에 간다는 요 간단한 규칙을 따르지 못하겠다면 그냥 운전을 하지 마라. 신호를 기다릴 인내심이 없다면 그냥 운전을 하지 마라. 앞서 언급한 우회전 시 횡단보도 관련 법규에 대해서도, 초반엔 답답하고 융통성 없다는 의견이 꽤나 많았다. 하지만 운전도 하고 걸어도 다니는 입장에선(그렇지 않은 사람도 있을까?) 반가운 변화다. 안전 관련 규정은 약자를 기준으로 만들어야 한다. 그래야 모두가 혜택을 누리게 된다.

어차피 운전, 생각보다 오래 못 할 거다. 우리는 모두 나이를 먹는다. 그리고 사는 내내 다양한 위험에 처하며, 피해를 보기도 한다. 내가 무슨 용가리 통뼈도 아니고, 혼자만 쏙 빠질 수 있을 리 없다. 국가통계포털(KOSIS)의 장애 발생 및 장애 상태 통계에 따르면, 장애인의 약 90%가 후천적인 이유로 장애를 입었다고 한다. 산업재해, 교통사고, 일반사고, 후천적 질환 등 원인은 다양하다. 나는 지극히 이기적인 인간이라, 교통법규가 더욱더 보행자 안전을 지키는 쪽으로 바뀌었으면 좋겠다. 모든 지하철역에 엘리베이터가 설치되었으면 좋겠다. 모두 결국 내가 누리게 될 테니까.

말해 뭐 해, 방향치의 아픔

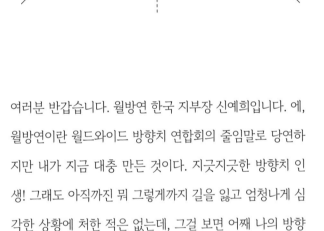

여러분 반갑습니다. 월방연 한국 지부장 신예희입니다. 에,
월방연이란 월드와이드 방향치 연합회의 줄임말로 당연하
지만 내가 지금 대충 만든 것이다. 지긋지긋한 방향치 인
생! 그래도 아직까진 뭐 그렇게까지 길을 잃고 엄청나게 심
각한 상황에 처한 적은 없는데, 그걸 보면 어째 나의 방향
감각이란 선택적으로 무뎠다가 좋았다가 하는 것도 같다.
무슨 말이냐면, 정신을 바짝 차리기만 하면 큰 문제 없이
목적지에 제대로 도착한다는 거다. 멍때리지만 않으면 된

다. 하지만 문제는, 나는 정말 정말 멍을 잘 때린다는 것. 읽던 책에 빠지고, 들여다보던 휴대폰에 빠지고, 조만간 들이닥칠 마감 생각에 빠져선 자꾸만 반대 방향 지하철에 올라타버린다. 세 번에 한 번꼴이다. 그러면서 외국 여행은 또 어떻게 그렇게 잘 다니냐고 묻는다면, 초반엔 바짝 긴장하느라 멍때릴 틈이 없어서다. 며칠 지나 이제 좀 이 지역이 익숙해졌다 싶으면 여지없이 엉뚱한 곳으로 간다.

하여간 상황이 이러하니, 일 관련 미팅처럼 중요한 일이 있을 땐 목적지까지 가는 방법을 공들여서 검색해둔다. 어떤 대중교통편을 어디서 어떻게 타는지, 한 번에 쭉 가는지 갈아타야 하는지, 제일 빠른 지하철 문 번호는 몇 번인지 등을 확인한 후 각 과정마다 여유시간을 10분씩 끼워 넣는다. 멀쩡히 가다 말고 중간에 어디로 빠질지 나도 모르기 때문이다. 그 결과, 보통은 약속한 시각보다 최소한 30분 전엔 도착해버리고, 덕분에 시간을 칼같이 지킨다는 얘길 자주 듣는다. 이렇게 글로 쓰고 있으니 곧 뽀록나겠군요. 나 같은 사람이 있는 반면, 방향감각이 월등한 사람도 있다. 그래서 이 세상이 여차저차 굴러가는 거겠지. 음양의 조화로다. 그들이 길을 척척 찾아가는 모습을 볼 때면 매번 신기하다. 머릿속에 촘촘한 그리드가 그려져 있는 게 아닐까? 그들의 길 설명도 경탄스럽다. 어디에서 길을 건너서 어디로 꺾어지라며 고정된 지형지물을 활용한다. 나는 어떻게 설명하더라? 거기 길에 노란 꽃이 많이 피었는데 되게 예쁘고, 가다 보면 개 키우는 카페가 나올 텐데 진짜 귀엽고, 하여간 거기 어디서 우회전해. 쓰면 쓸수록 정말이지 한심하다. 마침 꽃이 다 져버렸다면, 그날따라 카페 주인이 개를 집에 두고 나왔다면 대체 어떻게 길을 찾으라는 거야. 그렇지만 우리 월방연 회원님들은 분명 내 마음을 알아주실 것이라 믿어본다. 흑흑.

운전 시작하길 미루고 또 미룬 데는 요런 문제도 컸다. 세상에, 길에서 얼마나 헤매고 다니게 될까. 그때마다 주변 사람들이 힘주어 강조했다. 아냐 아냐, 운전을 하면 방향감각이 좋아질 거야. 저, 정말? 하지만 방향감각과 관련된 나사가 살짝 빠져 있는 사람이 어느 날 운전대를 잡았다고 해서 갑자기 나사가 벌떡 일어나 훌라춤을 추며 제자리를 찾아가지는 않는다. 이건 말하자면, 대학만 가면 살이 쪼옥 빠질 거라는 소리와 동급이다. 운전을 하기 전이나 후나, 나는 똑같이 방향치다. 달라진 게 있다면 기동력을 얻은 방향치가 되었다는 것. 이젠 더욱 커다란 반경 내에서 과감히 길을 잃는 자가 된 것이다. 그저 집 주변에서 운전 연습을 좀 해보려던 건데 정신을 차려보니 톨게이트 앞에 와버렸다는 식으로. 그것도 꽤 자주.

첫 1년간은 주로 용인 집과 분당을 왔다 갔다 했는데, 30분 정도 걸리는 거리라 운전 연습을 하기 적당했다. 널찍한 직선 도로만 쭉 달리면 되니 그리 어렵지도 않다. 그런데 왜, 왜, 왜 또 길을 잘못 드는 것인가! 미치겠네! 용인에선 기흥과 수원 톨게이트에 그렇게나 자주 들어갔고, 분당에선 판교 톨게이트와 흠뻑 정들어버렸다. 마치 김유신의 말처럼 같은 곳을 가고 또 가길 반복했다. 말은 죄가 없고, 내 자동차도 죄가 없다. 인간이 잘못했지.

처음엔 땀을 뻘뻘 흘리며 훌쩍훌쩍 울었다. 울면 눈앞이

뿌예져서 위험하지만 그래도 눈물이 나서 어쩔 수 없었다. 원치 않는 톨게이트 방문이 거듭되자 슬슬 여유가 생겼고, 그때부턴 실실 웃었다. 아유, 여기가 어딜까? 또 와버렸네? 호호호. 웃을 일이 아닌데, 어이없어서 그냥 웃었다. 부모님에게 이야기하니 배를 잡고 웃는다. 왠지 억울하다. 내가 말이야, 다른 데 가려고 이렇게 부들부들 떨면서 운전 연습하는 게 아닌데. 그쪽 댁 가정 방문하려고 그러는 건데. 흥.

나의 집과 부모님의 집은 자동차로 약 10분 거리이고, 대중교통편은 없다. 아니, 있기야 한데 마을버스 정류장까지 약 15분을 걸어가서, 약 10분 후 버스에서 내려, 약 18분을 걸어야 한다. 그리고 요 마을버스는 45분에 한 대씩 온다. 아우 됐어, 더러워서 안 타고 말지. 난개발의 민낯이란 종종 이런 식이다. 그래서 보통은 부모님이 차를 몰고 나를 보러 와야 했고, 일이 생기면 시내까지 데려다줘야 했는데…. 쓰다 보니 제발 운전 좀 배우라고 절규한 이유를 알 것도 같다.

오래 기다리셨습니다, 이젠 제가 갈 차례네요. 운전 연수까지 무사히 마친 후 드디어 용기 내어 부모님 집에 진출했다. 갈 때 10분, 올 때 10분이라는 머나먼 거리. 물론 내비게이션을 켰다. 그동안 부모님의 차로 숱하게 왕복한 길인데도 막상 내가 운전하려니 갑자기 눈앞이 캄캄해서 어쩔 수 없었다. 그러고 보면, 내비게이션이 없던 시절엔 대체 어떻게들 운전했을까? 신비하고 놀랍고 불가사의하다. 하긴, 인터넷이며 스마트폰 같은 것 없이 두툼한 가이드북 한 권 믿고 외국 여행을 다니던 때도 있었지. 하지만 아무리 내비게이션이 좋아도, 이제부터 자주 오고 갈 길이라면 그냥 눈으로 보고 외우는 게 훨씬 편하긴 하겠다. 아무래도 그게 낫지. 그리하여 어느 한가한 초여름 오후, 침 한번 꿀꺽 삼키고 도전했는데….

가까운 거리지만 꽤나 파란만장하다. 짧은 터널을 두 개 지난 후 고가도로로 진입해야 한다. 거기서 다시 큰길로 빠져나오자마자 곧바로 차선을 세 개나 바꿔서 좌회전해야 하고, 자동차 한 대만 겨우 지나갈 수 있는 좁은 토끼굴을 빠져나가야 비로소 부모님이 사는 아파트 단지가 나온다. 대중교통편이 극악무도할 만하다. 평소보다 일흔 배쯤 더 정신을 바짝 차리고서 아주 조심조심 달려 무사히 도착해 옆구리에 손을 얹고 배를 쑥 내밀며 생색을 냈다. 자, 보시오. 이 내가 내비게이션 없이 여기까지 그냥 왔소(1차 박수). 이따가 갈 때도 그냥 갈 것이오(2차 박수). 이 나이에 이렇게까지 칭찬받다니, 운전할 만하네.

슬슬 집으로 돌아갈 시간이다. 왔던 대로만 하면 아무 문제 없다. 매일 다니는 길처럼 자연스럽게⋯ 그리고 한순간에, 진짜로 한순간에, 아주아주 한순간에 길을 잘못 들었다. 당장은 그 사실을 전혀 깨닫지 못했는데, 저만치 앞 도로 위의 낯선 표지판을 보고선 기함했다. 네? 기흥 휴게소요? 이게 무슨 소리야, 우리 집으로 가는 길에 휴게소 같은 건 없었다고. 휴게소는 고속도로 한가운데나 있는 거잖아. 대체 뭐가 뭔지 알 수 없지만, 일단 유턴부터 해야겠다. 왔던 길로 돌아가기만 하면 뭐가 돼도 되겠지. 그렇게 유턴 신호를 찾아 쭉쭉 직진하는데, 어디에도 유턴할 만한 곳이 없다. 왜 없지? 어? 잠깐, 톨게이트 입구라고???

그리하여 그때까지도 하이패스 단말기를 설치하지 않은 가련한 초보 운전자는 뒤차들에 떠밀리듯 눈앞에 활짝 열려 있는 하이패스 톨게이트를 냅다 무단으로 통과했으며, 눈물이 앞을 가리는 와중에 더듬더듬 휴대폰을 집어 들어 급히 내비게이션을 켠 후 은혜로운 내비님의 목소리에 의지해 고속도로 출구로 기어갔던 것이다. 이번에도 물론 하이패스는 무단 통과다. 삐뽀삐뽀, 경고음을 들으며….

그나저나 여기가 어디지? 마침 저 앞에 표지판이 서 있는데, '어서오세요 화성시입니다'란다. 아니, 내가 왜 화성시에 온 거야? 우리 집은 용인인데? 모르면 직진이다. 지구는 둥그니까, 자꾸 걸어나가면 어떻게든 되겠지. 좀 더 가보니 갑자기 텅 비어 있는 광활한 평야 같은 곳에 진입한다. 곳곳에 커다란 타워크레인이 서 있는 걸 보니 건물이라도 짓는 모양이네.

그리고, 갑자기 내비게이션이 멈춰버렸다. 내비야, 나한테 왜 이래! 제발 정신 차려! 도로는 무척 깨끗한, 새로 닦은 티가 팍팍 난다. 그리고 시야엔 나 말고는 자동차가 한 대도 없다. 내비게이션을 연신 껐다 켜봐도 현재 위치를 파악하지 못한다. 이거, 혹시 꿈인가? 내 인생 장르가 공포영화로 바뀌는 건가?

사정없이 나대는 심장을 살살 달래가며 타워크레인 쪽으로 좀 더 가보니, 다행히도 인류의 흔적을 찾아낼 수 있었다. 그렇구나, 여긴 동탄2신도시 건설 현장이었구나. 한창 개발하는 중이라 GPS에 잡히지 않았던 거야.

드넓은 신도시 공사 현장을 빠져나오니 내비게이션이 다시 눈을 번쩍 뜨곤 나를 고속도로 입구로 이끌었다. 아까 온 길을 거슬러 가는 거구나. 이번에도 하이패스는 무단으로 통과. 미안합니다, 나중에 요금 낼게요. 톨게이트를 빠져나오자마자 길이 둘로 갈라진다. 왼쪽? 오른쪽? 어디로 들어가야 하지? 머뭇거리는 사이 사방에서 클랙슨 소리가 쏟아졌고, 이번에도 냅다 직진했다. 오늘은 직진의 날이다. 한참을 달린 끝에 어디서 많이 본 출구로 빠져나왔다. 역시나 익숙한 표지판이 보인다. 어서오세요 화성시입니다… 그래, 나 또 왔어….

동탄을 두 번이나 찍고 무사히 집에 돌아와 시간을 확인하니 어느새 두 시간 반이 훌쩍 지나 있었다. 그랬구나, 어쩐지 노을이 예쁘더라. 터덜터덜 엘리베이터를 타고 올라가 집 문을 열었다. 오늘따라 내 집이 너무 반갑다. 내년 이맘때쯤에나 올 수 있을 줄 알았지 뭐야.

PART 2

좌충우돌,
모든 것이
험난한 도전

#시외로

#고속도로 진입

#하드코어 동승자 픽업

슬슬 의문이 생기는데

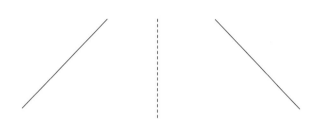

(학교 공부만 아니라면, 이라는 단서가 붙긴 하지만) 뭐든 새로운 걸 배우는 건 재미있다. 특히 몸을 쓰는 거라면 더 그렇다. 처음이라 하나부터 열까지, 열하나부터 스물까지 신기하고 설렌다. 초반엔 익혀야 할 게 많아 혼이 쏙 빠지곤 하지만 그래도 좋다. 하지만 시간이 지나 어느 정도 할 만해지면 슬슬 요령을 피우고 싶어지는 게 문제다. 차근차근, 차곡차곡 해왔던 반복 훈련이 이젠 지겨워진다. 하아, 또 그거 해야 해?

운동으로 치면 기초 체력을 다지기 위한 지루한 훈련 동작일 것이다. 숨도 잔뜩 차고, 땀도 흠뻑 나는 동작들. 피아노라면 하농 연습곡 같은 거겠다. 바이엘을 배울 때까지만 해도 우와, 드디어 피아노 배운다며 신이 나지만 하농 단계에 들어서면 급 지겨워진다. 머릿속으론 이미 10년 차의 현란한 기술을 뽐내는 내 모습이 그려지는데, 현실은 손가락을 꼼질대며 비슷비슷한 음계를 수십 수백 번 반복해 칠 뿐이니까. 어학 공부도, 글쓰기 훈련도 다르지 않다. 뭐 하나 쉽게 되는 분야가 없다. 그 시기를 꿋꿋하게 견디고 버텨야만 얻을 수 있는 굳은살과 나이테가 있다… 라고 남의 일인 양 점잖게 쓰다 보니 굉장히 찔린다. 손가락에 굳은살이 채 생기기도 전에 때려치운 기타 수업이 떠올라 후회스럽다. 좀 더 버텨볼 걸 그랬지. 그렇지만 D 코드는 너무 어려웠어.

기타만 그랬을까, 최초의 고비를 넘지 못하고 도중에 포기해버린 게 정말이지 너무 많다. 사실, 대부분의 취미가 그런 식이었다. 내 돈 들여서 배우는 거라(어른이니까요) 조금만 재미없어지면 당장 다음 달 치 수업료를 내기 싫어진다. 기초 훈련 과정은 입 꾹 다물고 그냥 해야 한다는 걸 알면 서도 굳이 입을 열고 싶다. 오늘도 또 이거예요? 왜 해야 되는데요? 정말로 궁금해서 묻는 건 아니고, 그냥 시비를 걸고 싶은 것뿐이다. 내가 이렇게 힘드니까 좀 봐달라며 칭 얼거리는 것.

물론 재미있자고 시작한 거라, 흥미를 잃으면 때려치우는 것도 나쁘진 않다. 하지만 누군가는 내가 멈췄던 바로 그 지점에서도 묵묵히 앞으로 나아간다. 비슷비슷하게 시작 했는데 이젠 엄청나게 멋있어진 (구)동호회 친구나 학원 동 기의 모습을 한참 나중에 SNS에서 발견할 때면 갑자기 마 구 후회한다. 나도 계속할걸, 그때 조금만 더 참을걸!

그런 인간인지라, 여차저차 지금까지 운전을 잘하고 있다 는 게 참으로 뿌듯하다. 우와, 요것도 조것도 다 때려치운 내가 운전을 이만큼이나 하고 있어! 물론 취미와는 좀 다 른 문제긴 하지만, 기쁜 건 기쁜 거다. 긁고 긁히고, 욕하고 욕먹느라 나름 고생 많았다고. 무서워서 덜덜 떨면서도 매일같이 주행 연습을 한 것도 장하다. 특히 처음 3개월은 하루도 빼먹지 않고 도로로 나갔다. 그만큼 운전이 재미있기도 했고, 반드시 해야겠다는 절실함도 있었다.

규모와 상관없이, 성공을 경험하는 건 무척 중요하다. 막연한 상상을 선명한 현실로 바꾸어나갈 동력이 된다. 돈을 모으는 방법을 몰라 머뭇거리는 이들에게 소액의 단기 적금을 시작하라고 권하는 것도 이런 이유다. 적금 만기라는 작은 성공을 맛보고 나면 그다음도 할 수 있게 될 테니. 이제 나는 무엇이든 새로운 도전을 앞두곤 으레 이런 생각을 한다. 그렇게나 질질 끌었지만, 결국 운전을 할 수 있게 되었잖아. 그러니, 또 뭔들 못 하겠니.

고립된 아파트 단지에서 탈출하겠다며 시작한 운전이, 이제는 매일의 기쁨을 채워주는 큰 역할을 하고 있다. 더불어 소중한 취미 역할도 한다. 목적지에 도착했다는 결과뿐 아니라 과정이, 창밖의 풍경과 바람과 도로 위의 변수와 좋아하는 음악과 팟캐스트가 모두 즐겁다.

경험치가 사알짝 쌓이니 운전을 생활의 일부로 받아들이기 전엔 요만큼도 이해할 수 없던 조언들에도 슬슬 끄덕거리며 동의하게 되었다. 특히 이런 것들이다.

- 🙂 시내보다 고속도로 운전이 편하다
- 🙂 전면보다 후면주차가 편하다
- 🙂 핸들은 왼손으로 돌리고, 오른손은 거드는 정도로만 쓴다
- 🙂 양발 운전은 위험하다

어떻습니까, 다들 동의하시나요? 예전의 나는, 하나같이 말도 안 되는 소리라고 생각했다. 고속도로라니, 고속으로 달리면 엄청나게 위험하잖아. 시속 100km라니 말이 돼? 그보다는 시내 도로를 처언처언히 다니는 게 훨씬 안전하겠지. 중간중간 신호등이 나올 때마다 브레이크를 밟고 한숨 돌릴 수도 있을 거고…, 라고 생각했던 과거의 나야, 잘 지내니? 지금의 나는 고속도로에만 진입하면 그렇게 속이

시원하다. 신호가 없는 게 이렇게 쾌적하고 편한 줄 그땐 몰랐다.

주차도 그렇다. 내 눈이 뒤통수에 달려 있는 것도 아닌데, 똑바로 앞을 보면서 주차하는 게 자동차 궁둥이부터 들이미는 것보다 훨씬 편하지 않겠냐고 오랫동안 믿었던 거다. 물론 이것 역시 직접 해보고선 생각이 싹 달라졌다. 차를 댈 때나 뺄 때나 후면주차가 편하기도 하고, 안정적이기도 하다. 역시 남들이 그렇다는 건 다 이유가 있다.

오른손잡이라 핸들 역시 자연스럽게 오른손으로 돌리려 들었는데, 그보다는 왼손을 주로 쓰며 오른손으론 기어봉과 비상등 버튼 등을 제어하는 게 더 안전하다는 것도 천천히 깨달았다. 발이 두 개긴 하지만 양발 운전은 위험하다는 것 역시 마찬가지다. 한편, 어디에 물어보기는 뭐해서 혼자 속으로만 궁금해했던 것들도 좀 있는데,

⊙ 왜 졸음운전을 할까? 운전은 무섭고 긴장될 텐데 어떻게 졸 수

있지?

⑦ 왜 운전 중에 통화를 할까? 그럴 정신이 있나?

⑦ 왜 사고가 나면 갓길에 차를 세우라는 걸까? 갓길이 뭐지? 'God 길'인가? 교통사고로 하늘나라에 갈 수 있다는, 뭐 그런 건가?

물론 지금은 요 세 가지 상황을 골고루, 충분히 겪고 있다. 특히 졸음운전엔 셀프 싸대기보단 귀밑머리를 잡아서 정수리 방향으로 냅다 올려버리는 게 훨씬 효과적이라는 것도 따갑고 아프게 배웠다. 여러분도 꼭 해보시기 바랍니다. 혼자만 알긴 너무 아깝더라고요. 호호.

백일잔치는 강릉에서

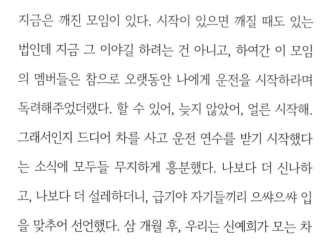

지금은 깨진 모임이 있다. 시작이 있으면 깨질 때도 있는 법인데 지금 그 이야길 하려는 건 아니고, 하여간 이 모임의 멤버들은 참으로 오랫동안 나에게 운전을 시작하라며 독려해주었더랬다. 할 수 있어, 늦지 않았어, 얼른 시작해. 그래서인지 드디어 차를 사고 운전 연수를 받기 시작했다는 소식에 모두들 무지하게 흥분했다. 나보다 더 신나하고, 나보다 더 설레하더니, 급기야 자기들끼리 으쌰으쌰 입을 맞추어 선언했다. 삼 개월 후, 우리는 신예희가 모는 차

타고서 강릉에 놀러 간다! 목적지는 강릉에 사는 친구가 운영하는 아담한 카페란다. 아니 잠깐만요, 이게 대체 무슨 소리야. 석 달이래봤자 금방 지나갈 텐데, 내가 그 먼 곳까지 어떻게 운전해서 가겠어. 어쨌든, 그때까진 나는 그저 농담인 줄만 알았다. 다들 이러다가도 금방 잊어버리겠지 뭐.

그런데 그 일이 실제로 일어났다. 운전 백일잔치를 정말로 강릉에서 하게 된 것이다. 다들 너무 진심으로 내 차에 타겠다고 나섰다. 그들의 광기 어린 맑은 눈동자들을 들여다보며 생각했다. 이것들, 제정신인가? 무섭지 않은가? 새삼 약속이란 건 함부로 할 게 아니란 걸 한 번 더 느꼈다. 좋아, 그렇다면 해보자고. 나 역시 오기가 발동했다. 이럴 때 눈 딱 감고 덤벼야지, 그러지 않으면 나중으로 미루고 또 미루게 되겠지. 그런 식으로 미룬 것들이 이미 너무 많잖아. 애초에 운전도 마흔 살까지 미룬 거잖아.

다가온 운명의 날 아침, 용인 집 주차장을 빠져나와 서울

양재역으로 향했다. 거기서 친구 세 명을 만나 조수석과 뒷자리에 골고루 태우기로 했는데, 그때까지 서울 시내에 진입해본 경험이 한두 번밖에 없어 엄청나게 긴장되었다. 전날 밤부터 내비게이션 앱의 경로를 몇 번이나 훑어보았지만 여전히 불안하다. 당장 떠오르는 난관만 해도 한두 개가 아닌 것이,

1. 양재역 주변은 굉장히 복잡할 것이다.

2. 인간을 픽업하다니, 지금 내가 그럴 정신이 있기는 한가?

3. 이것들이 늦게 오면 어쩌지? 역 주변을 빙빙 돌아야 하나?

3번까지 썼는데 벌써 숨이 턱 막힌다. 하지만 거기서 끝이 아니겠지. 분명 상상도 못 할 돌발 상황이 미친 듯이 생길 게 분명하다. 맞아, 그럴 거야. 난 끝장이야. 그래서 며칠 전부터 신신당부해두었다. 다들 나보다 일찍 와 있어야 해, 내 차 번호 달달 외워둬, 발견하자마자 1초 내로 뛰어와서 타. 그리고 차 안에선 음악도 수다도 안 돼. 나 정신없게 만들면 우리 다 죽을 수도 있어.

그래서 어땠느냐고? 경찰차로 범인을 호송하는 것도 아니고, 다들 순순히 말을 들을 리 없다. 한 명은 기어이 늦었고, 역 주위를 불안불안하게 돌면서 기다렸다가 겨우 태웠다. 내 긴장감이 전해졌는지 처음엔 숨소리조차 고요했지만, 톨게이트를 무사히 빠져나간 후부턴 이 얘기 저 얘기로 수다가 시작되었다. 나도 끼고 싶지만, 안 돼, 오늘은 운전에만 집중하는 거야.

고속도로에선 휴게소와 졸음쉼터에 한 번씩 들렀다. 배가 고프거나 졸려서가 아니다. 후우우우 심호흡하며 긴장을 풀기 위해 차를 세웠다. 나도 나지만 일행들도 어지간히 긴장했는지, 차를 세울 때마다 나보다 더 크게 안도의 한숨을 내쉬었다. 하긴, 오는 내내 몇 번이나 브레이크, 브레이크, 브레이크 밟으라고 3도 화음으로 비명을 질렀으니 피곤할 만도 하겠다. 그렇게 세 시간 좀 넘게 달려 강릉 중앙시장 공영주차장에 무사히 주차한 후 의기양양하게 차에서 내렸다. 시장도 처음, 공영주차장도 처음이다. 아아, 이렇게 뿌듯할 수가. 그리고 다들 친구의 카페에서 신나게 노는 동안 홀로 조용히 곯아떨어졌지….

내가 직접 운전해서 여행을 떠나다니, 그것도 몇 시간이나 걸리는 곳으로! 성취감이 어마어마했고, 용기가 마구마구 샘솟았다. 한 번 해보면 두 번도 할 수 있고, 열 번 스무 번도 금방이다. 강릉에서 돌아온 후엔 틈나는 대로 시, 도 경계를 넘기 시작했다. 첫 여행은 친구들과 함께였지만 그다음부턴 되도록이면 혼자 다녔는데, 운전이 서투니 오히려 혼자가 더 마음 편했다. 동행인이 있어야 뭔가 도움을 받을 수 있을 것 같았지만, 막상 해보니 오히려 반대다. 조수석이든 뒷자리든 누군가를 태우는 순간 책임감이 확 커져서 부담스럽다. 뭔 일이 나더라도 나 혼자 겪는 게 낫지, 하이고.

길이 덜 막힐 때를 골라 당일치기 여행을 다녔다. 요럴 때는 프리랜서인 게 좋다. 근무 시간을 비교적 유연하게 조정할 수 있으니까. 보통은 평일 오전에 출발해 목적지에서 점심 한 끼 맛있게 먹고, 좀 어슬렁거리다 퇴근 시간 길 막

힘이 시작되기 전에 잽싸게 집으로 돌아온다. 용인에서 출발한다 치면 충청도 일부와 강원도 일부 정도가 딱 좋다. 인천, 서산, 천안, 제천과 원주, 평창, 속초, 강릉 같은 곳. 그보다 먼 곳은 1박 이상 해야 제맛이다.

처음으로 혼자 도전한 곳은 충청남도 부여군인데, 지도 앱을 들여다보다 즉흥적으로 콕 찍었다. 내비게이션에 따르면 두 시간이면 충분하다지만 중간에 길을 잘못 들어(놀랍지 않다) 세 시간 넘게 걸렸다. 부여 톨게이트를 통과한 순간이 생생하게 기억난다. 차 안에서 마구 소리를 질렀다. 미쳤다 미쳤어, 내가 부여에 왔다고!

연꽃이 아름답다는 궁남지 저수지 주차장에 차를 세우곤 주변을 흐느적거리며 돌아다니다 식당에 들어갔다. 해냈다는 사실만으로 너무 흥분해, 점심밥이고 나발이고 입에 제대로 들어가질 않았다. 지역 명물이라는 연잎밥 정식을 주문했지만, 덜덜 떨리는 손으로 연잎을 겨우겨우 벗겨 두어 젓가락쯤 먹고 말았던 것 같다.

지금도 그날 부여에서 뭘 했는지, 음식 맛은 어땠는지, 두루뭉술하게만 기억난다. 운전하느라 에너지를 너무 많이 써버려서 그런가 보다. 당시만 해도 운전이 그렇게 고될 수가 없었는데, 내내 긴장하느라 신경이 바짝 곤두선 탓에 목이랑 어깨가 매번 뻣뻣하게 굳었다. 말이 여행이지, 무사히 다녀오는 게 목적이던 시절이니까.

그래도 다행인 게, 하면 할수록 점점 나아졌다. 역시 인간은 발전한다. 마음과 몸이 편안해지니 자연스레 시야가 넓어지고, 달리는 과정을 즐길 여유가 생긴다. 운전에 과하게 힘을 빼앗기지 않으니 목적지에 도착해서도 더 가뿐하게 돌아다닐 수 있게 된다. 이제야 여행다운 여행을 할 수 있겠다. 운전이란 꽤 즐거운 행위로구나.

그동안은 명절 연휴엔 으레 텔레비전을 보며 뒹굴곤 했는데, 요즘은 길이 덜 막힐 때를 노려 후다닥 드라이브를 간다. 특히 추석 연휴는 계절이 계절이다 보니 산에 가기 좋다. 치악산 구룡사도 좋고, 오대산 월정사의 전나무숲도 근사하다. 첫 번째 차 레이도 무척 좋았지만, 주행 보조 기능을 갖춘 자동차로 바꾼 후엔 운전이 더욱 수월해졌다.

왜 그렇게 즐거울까, 이 행위가 뭐 그렇게 특별한 걸까? 곰곰 생각해보니, 콕 집어 내 차라서 좋은 거다. 남의 차 말고 내 차. 문을 잠그면 생겨나는 나만의 방 같은 공간. 이동의 자유에 공간 확보가 더해지니 삶의 질이 한껏 올라간 거다.

이 글을 쓰는 지금도 어디든 가볍게 다녀오고 싶어 근질거린다. 춘천이라도 휙 다녀올까? 닭갈비에 우동 사리 넣어서 볶아주는 집 아는데. 생각만으로도 즐겁다. 벌써 즐겁다. 아무래도 전 잠깐 나갔다 와야 할 것 같습니다. 잘 다녀올게요.

슬슬 화가 나는데

여행이 좋다. 특히 처음으로 가보는 나라는 일단 좋다. 처음이라 낯설고, 처음이라 새롭고, 하여간 좋다. 그런데 그 좋은 곳을 몇 번씩 거듭해서 방문하거나 오랫동안 머무는 긴 여행을 하게 되면 슬슬 얘기가 달라진다. 어라, 전에도 이랬었나? 설렘의 콩깍지가 스르르 벗겨지고, 둥실거리던 마음에서 거품이 빠지면서 차분하고 냉정하게 주위를 바라보기 시작한다. 그 전에는 잘 보이지 않던 게 비로소 또렷해진다. 인종차별적인 언어 표현과 몸짓 표현도 더 빨리 캐치하게 된다. 많이 알아서 피곤하고, 서글퍼지고, 심지어 화가 나기도 한다.

운전 경력이 차곡차곡 쌓여가니, 어째 여행이랑 비슷한 데가 있다는 생각이 든다. 처음엔 도로에서 만나는 다양한 상황과 다양한 인간에게 무조건 저자세였다. 뭐든 다 내가 잘못했겠지, 초보니까, 라는 마음으로. 때론 부아가 치밀기도 한다. 어라, 이 새끼가? 하지만 지금 이게 사과할 일인지 사과받아야 할 일인지, 아직은 확신이 부족하다. 오늘도 긴가민가, 내일도 긴가민가하다. 이 애매하게 부글거리는 마음이 뚜렷해지고 냉정해진 건 운전을 시작하고 3년 반쯤 지났을 무렵, 두 번째 자동차를 산 후인데….

나의 두 번째 차는 기아 셀토스로, 크지도 작지도 않은 딱 적당한 SUV다. 게다가 흰색. 아마 다들 흰색의 셀토스라면 지겹게 보셨을 것이다. 당장 어지간한 주차장 아무 곳이나 들어가서 빙 둘러보면 두세 대쯤은 쉽게 발견할 수 있는 인기 차종의 인기 색상. 덕분에 겉으로 봐선 운전자의 성별과 연령을 쉽게 판단하기 어렵다(창문 선팅도 꽤 짙게 했다). 셀토스를 몰기 시작한 지 두 달 꽉 채워갈 무렵, 문득 생각했다. 어라, 차선을 바꿀 때마다 되게 순순히 받아들여지네? 하이빔은 지난 두 달간 한 번도 맞지 않았고? 신기하네, 놀랍네, 희한하네?

경차를 몰던 때나 지금이나, 내 운전 습관엔 별 차이가 없을 것이다. 고작 두 달 사이에 뭐 그리 경천동지할 발전이 있으려고. 달라진 건 자동차의 크기와 창문 선팅 농도뿐이다. 용인 집과 성수동 사무실을 거의 매일같이 왕복하고, 일 관계로 강남이나 일산도 자주 들락거리는데, 틈만 나면 이 도시 저 도시로 드라이브를 다니는데도 이렇게까지 시비 털리지 않을 수 있다니.

시비라고 해서 누가 코앞까지 바짝 다가와 위협한다거나 하는 게 아니라, 말하자면 이런 거다. 차선 변경을 위해 방향지시등을 켜면 뒤차가 오히려 더 빠르게 달려온다든가, 그러면서 하이빔을 마구 쏜다든가. 우회전 방향 횡단보도 앞에서 신호를 기다리고 있을 때 뒤에서 클랙슨을 울리며 채근한다든가 하는 일들. 특히 세 번째는 애초에 교통법규 위반인데도 말이지.

이런 식의 시비 내지는 협박을 모든 자동차에게 공평하게 할 거라고는 생각하지 않는다. 인간 대 인간일 때도 사람 봐가면서 선택적으로 찝쩍거리거나 피해 가듯이, 자동차의 차종과 운전자의 성별, 연령을 가늠해보곤 만만해 보일 때만 그럴 거다. 그런 작자들의 눈에는, 규정 속도와 교통신호를 준수하며 운행하는 SUV는 선량한 동료 운전자이지만 그 두 가지를 준수하며 운행하는 경차는 느려터진 여자인 모양이다. 저 여자는 저딴 걸 몰고 어딜 돌아다니는 거야, 비켜, 빵빵빵인 모양이다. 이럴 줄 알았으면 팰리세이드나 쏘렌토를 살 걸 그랬네요. 산타페도 좋고.

쓰다 보니 화가 난다. 하긴, 운전을 시작하기 전부터 나는 이미 화가 나 있었다. 20여 년 전 운전면허학원 첫날, 중년의 남성 강사는 차에 타면서 말했다. 남자 배에만 올라타

지 말고 차도 잘 타야 한다고. 네? 내가 헛것을 들었나? 강사는 이런저런 버튼을 툭툭 건드리며 반말로 설명을 이어나갔다. 요게 젖꼭지 같은 거야. 막 다루면 망가지니까, 젖꼭지 만지듯이 살살 돌리라고. 그날부터 면허 시험을 치를 때까지 내내 그 작자에게 운전을 배워야 했다. 문이 닫히면 자동차는 밀실이 된다. 달리는 도중엔 도망칠 곳이 없다. 지금도 나는 뭘 배우든, 일대일 수업일 땐 여성 강사가 있는지부터 확인한다.

내 차를 사고 나선 문부터 잠그는 습관을 들였다. 시동이고 안전벨트고 나발이고, 문이 제일 먼저다. 습관이란 건 하루 이틀에 들이기 어려운 법인데, 요것만큼은 아주 금방 몸에 배었다. 뉴스 사회면을 보고 있으면 자연히 그렇게 된다. 남성 애인에게는 생전 없던 습관이라고 한다. 그래, 좋겠구나.

길 위에서 이런저런 일을 겪을 때마다 생각했다. 만약 경차가 아니었대도 그랬을까? 경차 중에서도 레이, 그러니까

으레 여성 운전자일 거라 생각하기 쉬운 차가 아니었대도
그랬을까? 초보운전 스티커가 없었다면, 내가 남자였다면,
한 50대의 중년 아저씨였다면 어땠을까?

이런 이야기를 꺼내면 누군가는 함께 화를 내지만, 누군가
는 좀처럼 수긍하지 않는다. 기분 탓이겠지, 착각이겠지,
초보니까 뭔가 잘못했겠지, 라는 대답이 돌아온다. 가까이
있는 나 대신, 위협적인 운전자 전반의 편을 드는 것이다.
내가 직접 겪은 일을 없었던 것으로 만들고 싶어 하는 것
같다는 느낌마저 든다. 마치 인종차별 이야기를 들은 백인
의 반응 같아서 흥미롭다. 뭐가 어찌 되었든, 오늘도 나는
운전을 한다. 내일도 할 거다. 그냥 그렇다고요.

하이패스, 패스해도 되나요?

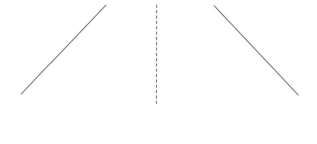

하이패스는 2000년 6월 30일에 최초로 실시되었다. 성남, 청계, 판교, 요렇게 세 톨게이트의 딱 한 차로씩에서만 시범적으로. 지금 그렇게 했다간 자동차들이 엄청나게 줄을 서서 한참 기다려야 하겠지만, 당시만 해도 신기한 신기술이라 실제로 이용하는 운전자가 별로 없었을 것 같다. 그렇지 않을까? 마치 인천공항의 자동 출입국 심사 게이트처럼. 나는 여행을 워낙 자주 다니니 요 기술이 도입되자마자 냉큼 등록했는데(공짜라잖아요), 아직 홍보가 덜 되었을 때라 게이트가 항상 텅텅 비어 있어 무척 쾌적하게 이용했다. 단말기에 여권을 스캔한 후 손가락 지문 확인만 하면 끝. 일반 게이트 앞에 길게 줄을 선 사람들이 흘끔흘끔 쳐다보는 걸 의식하면서. 그게 뭐라고, 은근히 짜릿했다. 지금은 많은 사람이 자동 출입국 심사를 이용하니 그런 즐거움은 사라진 지 오래지만.

무슨 이야길 하다가 여기까지 왔더라? 맞다, 하이패스였지. 아무래도 시행 초반엔 낯설기도 하고 미덥지도 않았겠다. 그냥 지나가는 것만으로도 자동 결제가 될까? 얼마나 천천히 운전해야 내 차를 제대로 인식할까? 아마도 많은 사람이 이런 고민을 하며 머뭇거렸을 것이다. 신뢰하게 되기까진 뭐든 시간이 필요하니까. 시간이 흘러 흘러 2007년 12월 20일엔 드디어 전국 모든 톨게이트에 하이패스 차로가 설치되었고, 현재는 누구나 편리하게 이용하고 있다….

라고는 하지만, 어차피 나에겐 남의 일이었다. 그거야 운전하는 사람이 신경 쓸 일이지, 조수석이나 뒷자리에만 타는

내가 알 게 뭐야. 새삼 정말 싸가지 없네요. 이렇게 마흔 살
될 때까지 살던 인간이 어느 날 드디어 분연히 일어나 운전
을 시작하겠노라 부르짖으면 무슨 일이 생기느냐, 하이패
스를 그냥 패스하게 된다. 그냥, 가볍게, 패스.

첫 번째 차엔 하이패스 단말기를 설치하지 않았고, 당연히
하이패스 결제용 신용카드도 발급받지 않았다. 이유는 간
단하다. 에이 설마, 고속도로처럼 어마어마한 곳에 들어갈
일이 생기겠어? 고속도로라니 상상만 해도 무섭다. 난 그
저 동네 이마트랑 스타벅스 정도만 정복해도 충분히 만족
할 거야.

예상하셨겠지만, 오산이다. 생각보다 훨씬 더 빨리 고속도
로에 진출해버렸다. 그러려고 한 건 아닌데, 전국구급 방
향치라 조금만 방심하면 갑자기 톨게이트 앞에 와버리는
일이 종종 생기는 거다. 아니, 내가 왜 또 여길 왔지? 왜 갑
자기 신갈 톨게이트고 수원 톨게이트인 거지?

얼결에 들어와버린 게 일반 차로일 땐 허둥지둥 지갑을 찾아 신용카드나 현금을 꺼내어 요금 징수원에게 직접 지불했는데, 이 과정도 은근히 무섭다. 조수석에 놔둔 가방 속을 오른손으로 더듬더듬 뒤져서 지갑을 찾아야 하는데, 그러다가 앞차를 콩 박을 것만 같아 덜덜 떨린다. 당시엔 아직 에어컨과 히터, 와이퍼 작동법도 잘 모르던 때였단 걸 잊지 말아주시라. 그 와중에 게이트 폭은 왜 이렇게 좁은지, 자동차 옆구리를 긁어먹을 것만 같다. 나의 귀여운 레이와는 비교도 안 되게 큰 화물차와 승합차도 다들 잘만 통과하는 걸 눈으로 보면서도 그랬다.

그나마 어떻게든 직접 요금을 지불하면 한숨 돌릴 수나 있지, 하이패스 차선은 더 곤란하다. 단말기도 카드도 없는데, 무작정 들어갔다가 잡혀가면 어떡해(다시 한번 말씀드리지만, 나는 정말정말 초보였다). 그래서 꾸역꾸역 차선을 바꾸어 일반 차로로 비집고 들어가곤 했다. 웅장한 클랙슨 교향곡을 때려 맞으며.

그러던 어느 날, 언제나처럼 길을 잃고 헤매던 나의 가련한 레이는 그날도 내 의지를 어김없이 배신한 채 웬 톨게이트 앞에 와버렸던 것이며, 하필이면 또 화사한 하늘색 방향 지시선이 그어진 하이패스 차선에 들어왔던 것인데, 그날따라 당장 차선을 바꿀 수 있는 상황도 아니었으니… 두둥….

이대로 무단통과해버리면 무슨 일이 일어날까? 나는 어떻게 될까? 느릿느릿 기어가듯 하이패스 게이트를 지나가는 순간, 심장이 두근두근, 얼굴에 피가 확 쏠리고 귀에선 삐 소리가 났다. 그리고 놀랍게도, 아무 일도 일어나지 않았다. 삐요 삐요 하는 경고등 소리가 잠깐 나긴 했지만 달려오는 징수원도 쫓아오는 경찰차도 없었다. 이대로 그냥 가면 되는 건가? 그런…가 보네?

겨우겨우 집에 돌아와 급히 휴대폰을 꺼내 검색했다. '하이패스 무단통과하면 잡혀가나요', '하이패스 미납요금 내는 법'…. 어디 보자, 나 같은 사람이 한둘이 아닌지 질문도

답변도 꽤 많았다. 좀 기다리면 요금 고지서가 날아오니 그때 납부하면 된다고들 했다. 혹은, 고속도로 통행료 홈페이지에 접속하거나 앱을 설치해서 곧바로 결제하면 편하다고. 아하, 그런 거구나. 괜히 걱정했잖아. 앞으로도 그냥 가볍게 통과하면 되겠네.

여기까지 읽으신 독자 여러분은 고개를 갸웃하실 것 같다. 이거 좀 이상한데? 뭐가 되었든 요금을 미납하면 과태료가 붙는 거 아닌가? 정답입니다. 하이패스 상습 체납자는 통행료의 10배에 달하는 과태료를 내야 한다. 무단 통과 한두 번 정도로는 별문제 되지 않지만, 1년에 20회 이상일 때 상습 체납자로 분류되는 것이다.

어느 평화로운 오후, 최근에 무단 통과한 하이패스 요금을 쫙 몰아서 납부해볼까나 하며 우아하게 앱을 클릭했다가 위의 내용이 담긴 경고 문구를 발견했고, 설마 내 얘기는 아니겠지 하며 고객센터에 전화를 걸었다. 예, 안녕하세요, 뭐 좀 여쭤보려고 하는데요…. 곧 직원이 말했다. 선생

님의 자동차 번호로 조회해보니, 두 번만 더 미납하시면 과
태료가 많이 나오실 겁니다. 예? 제가요? 세상에, 상습 체
납자라니, 그건 집안에 금괴랑 다이아몬드 같은 걸 잔뜩
숨겨놓은 부자들한테나 붙는 단어 아니었나요?

첫 차와 작별하고 두 번째 차를 영접하면서는 아예 룸미러
내장형 하이패스 단말기를 설치해버렸다. 부비트랩 같은
옵션의 늪에서 머리를 싸매고 고민하다가, 앞으론 더 자주
고속도로를 달리게 될 거란 생각으로 결정한 거다. 덕분에
이젠 국토교통부와 도로교통공단에 한 점 부끄럼 없이 깔
끔하게 요금을 납부한다. 과태료의 공포, 이젠 안녕….

물론 그것 말고도 걱정해야 할 게 아직 한참 많다. 왜 여긴
텅텅 비었을까, 너무 좋네, 라며 버스 전용 차로를 신나게
달리다 과태료를 때려 맞은 이야기 같은 건 언젠가 기회가
되면 해보겠습니다. 감사합니다.

PART 3

서서히 느끼는 도로의 민낯

옵션의 늪

첫 번째 차는 정말이지 생각 없이 샀다. 살면서 손꼽히게 큰 지름인데도 그랬다. 생전 처음으로 운전을 해야겠다는 생각이 단전에서부터 끓어올랐기 때문에, 지금 이 순간을 놓쳐버리면 언제 또 와줄지 기약 없겠다는 강력한 예감이 들었던 거다. 그래서 냅다 가까운 자동차 대리점에 들어가, 묻지도 따지지도 않고 계약을 진행했다. 애초에 경차를 살 생각이었으니 차종도 크게 고민하지 않았고, 자동차 색깔도 제일 빨리 출고된다는 걸로 정해버렸고.

그렇다고 해서 러시안 룰렛마냥 눈 질끈 감고 대충 골랐을 리는 없지. 영업 사원의 설명을 나름 주의 깊게 들으려는 시도를 하긴 했다. 하지만 들으면 들을수록 더 꼬여, 결국 적당해 보이는 중간 레벨의 옵션을 갖춘 모델로 타협. 이 걸로 끝, 더 고민하지 말기.

하지만 역시나, 처음이라 놓친 것들이 있다. 운전 초반엔 잘 느끼지 못했던 게(느끼고 자시고 할 겨를도 없었다) 여러 계절 을 보내는 사이 하나하나 생겨났다. 그 기능 넣을 걸 그랬 네, 저 기능도 아쉽고. 매일같이 길 위에서 만나는 다양한 자동차를 보며 나랑은 뭐가 다른지, 어떻게 다른지 열심히 검색해서 요리조리 비교하기 시작했다. 나는 생각보다 더 차에 관심이 많았고, 생각보다 더 운전을 좋아하는 사람이 었다. 이렇게 더 멀리, 더 신나게 달리고 싶어 할 줄 몰랐다. 나, 이런 사람이었구나.

그래서 두 번째 차 살 때는 경력직의 마인드로 이것저것 신중하게 재고 따졌다. 나름 두 번째인걸, 요만큼이라도 나아져야지. 자동차를 소유한다는 것은 생각보다 더 복잡한 과정을 거치는 일이다. 계약부터 인수까지 갖춰야 할 절차가 있고, 그 사이에 여러 가지 서류가 오고 간다. 자동차 대리점의 담당 영업 사원이 많은 부분을 처리해주니 크게 어려울 건 없지만, 그래도 완전히 손 놓고 맡겨버릴 순 없다. 내 차니까. 세금과 보험도 고민해야 하고, 주거지와 일터에 안정적인 주차 공간이 확보되었는지도 미리 가늠해야 한다(결국 어느 정도는 부동산 문제로 연결된다).

본격적으로 운전을 하게 되니 생활비 지출 예산을 재정비해야겠단 생각이 들었다. 자동차 유지비라는 건 막연히 차 할부금과 기름값 정도일 거라고만 생각했는데, 생각보다 더 많은 돈이 야금야금 들어간다. 요즘은 나름의 요령이 생겼다. 소액 적금 상품을 적극적으로 활용하는 거다. 이를테면, 자동차 보험료 납입용으론 일 년 동안 매일 천오백 원씩 모으는 식이다. 어차피 내 주머니에서 나가는 돈이지만, 미리 모아두면 신용카드를 긁을 때와는 다르게 부담이 훨씬 덜하다. 돈의 무게를 실감하게 되는 효과도 있다.

이 과정을 통해 마음에 담아뒀던 드림카 리스트가 꽤나 단출하게 정리되었다. 심금을 뎅뎅 울리는 차를 발견하면 가격과 연비를 검색해보고, 안 되겠다 싶으면 마음을 살포시 접곤 한다. 탐나긴 하지만 곤란하겠어, 무슨 항공기 연비도 아니고. 수리할 일 생기면 돈도 엄청 깨질 거야. 수리센터도 몇 군데 없는 브랜드고 말야. 너무 현실적이라 재미없지만, 어쩔 수 없다. 현실이 맞긴 하니까.

첫 차 레이는 3년 반 만에 처분했다. 정들었던 자동차를 보내려니 마음이 아팠다는 이야길 여기저기서 많이 들었는데, 어째 나는 요만큼도 그런 기분이 들지 않았다. 매일매일 열심히 탄 차라서 오히려 아쉬움이 없었다. 레이와 함께한 시간은, 말하자면 일종의 오리엔테이션 기간이었다고 생각한다. 레이는 지금 다시 생각해봐도 역시 좋은 차다. 내부가 널찍하고 쾌적한 게, 인기 있을 만하다. 고속도로 통행료와 공영주차장 요금 할인, 유류비 할인 등 경차 혜택도 쏠쏠하다. 빡빡한 주차장에서도 경차 한 대 세울 자리는 어떻게든 찾을 수 있다.

물론 아쉬운 점도 있는데, 서너 시간씩 운전해 여행을 다녀보니 오르막에서 엔진이 힘겨워하는 게 느껴진다. 그 와중에 에어컨이라도 켜면 숨넘어갈 것 같다. 바람이 세게 부는 날엔 차가 꽤 흔들리니 마음이 불안해진다. 앞으로도 지금처럼, 혹은 더 자주 더 멀리 돌아다니게 될 텐데 이대로 괜찮을까?

고민을 차곡차곡 적립해갈 무렵, 신상에 작은 변화가 생겼다. 서울 성수동에 일할 공간을 마련한 것이다. 용인과 성수동 사이엔 꽤 거리가 있지만, 러시아워를 피해서 늦게 다닌다면 괜찮지 않을까? 하지만 막상 출퇴근을 시작해보니, 왕복 80km 운전은 역시나 만만찮은 일이다. 비나 눈이 내릴 때면 몇 배는 피곤하다. 슬슬 더욱 안전하고, 안락하고, 쾌적한 자동차가 탐났다. 좋아, 다음 단계로 넘어갈 때가 왔구나.

차종은 쉽게 결정했다. 당시 갓 출시된 기아 셀토스로, 색은 흰색이 좋겠어. 하지만 그걸로 끝일 리 없지. 자동차 쇼핑은 옵션에서 시작해 옵션으로 끝난다. 최소한 첫 번째 차를 살 때보다는 나은 선택을 하고 싶다. 그렇지만 옵션 목록을 들여다보고 있자니 어이가 없다. 이놈들, 장난질을 치고 있네. 내가 원하는 건 요거랑 요거, 요거인데 그것들을 아우르는 옵션 패키지가 있을 리 없다. 이 옵션은 중간급에, 저 옵션은 최상위급에 집어넣는 식으로 교묘하게 분산해놓아 골치 아프다. 첫 차의 아쉬웠던 점을 현명하게 보완하고 싶은 마음이 공장 굴뚝만 하지만 결국 두 손을 들게 된다. 안 되겠어, 각이 안 나와. 타협해야지 뭐. 언제나 그렇듯 소비자는 또 패배하는 것이다. 자동차 회사 이놈들… 돈 많이 벌어서 좋으시겠어요….

그래도 나름 힘 좀 써서, 두 번째 차엔 요런조런 편의 기능을 신나게 집어넣었다. 통풍 시트도 신세계고, 반자율주행 기능도 최고다. 드디어 하이패스 단말기도 달았다, 하하하!

레이에서 셀토스, 다음은? 셀토스도 어느새 5년째 타고 있으니 슬슬 조바심이 난다. 차종도 차종이지만, 언제쯤 전기차로 넘어가야 할지가 더 고민이다. 가긴 가야 할 텐데 당장은 망설여진다. 집과 사무실 주차장의 전기차 충전 구역이 지금보다는 훨씬 많아져야 마음이 놓이겠다.

겨우 5년 탄 자동차를 바꿀 생각을 하다니, 너무 빠른 것 아니냐고 생각할 수도 있겠다. 내 생각은 이렇다. 최근 몇 년 사이 반자율주행 기능을 비롯한 다양한 주행 보조 기능이 빠르게 개발되어, 이제 자동차는 커다란 IT 기기로 변했다. 자동차를 구성하는 물리적 요소의 수명은 길어도, 소프트웨어는 그보다 훨씬 빨리 낡아버릴 수 있는 것이다. 겉으론 멀쩡해 보이지만 언제부턴가 너무 느려지거나 원인 불명의 에러로 다운되는 구형 휴대폰이나 노트북처럼(나는 이 두 가지 물건도 금방 새 걸로 바꾼다). 그러니 자동차의 펌웨어를 수시로 업데이트하고, 너무 늦기 전에 새 차로 바꿀 궁리를 끊임없이 하는 것이다. 에고, 돈 열심히 모아야겠네.

그나저나, 참으로 현실적이고 재미없다는 생각도 든다. 이 답답아, 화끈하게 수입 스포츠카 같은 걸 지를 생각은 왜 못하냐! 그게 말이죠, 자동차를 선택할 때뿐 아니라 인생 전반에서 좀 그런 편이다. 이번에야말로 마음 가는 대로 하겠다고 다짐하지만, 자꾸만 제반 비용이니, 규정이니 등의 문제부터 머릿속의 엑셀 스프레드시트에 입력하곤 한다. 이런 성격이 하루아침에 확 바뀌긴 어렵지 않을까?

그래도 아련히 꿈을 꾸어본다. 언젠가는 마음속에 꼭꼭 숨겨둔 드림카를 사는 날이 올 거야. 언젠가는.

긁고 긁히고, 박고 박히고

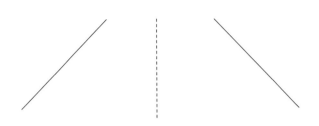

아무리 번쩍번쩍한 신제품이라도, 박스를 여는 순간 중고
품이 되어버린다. 신형 휴대폰이든 가방이든 캠핑 장비든
예외 없다. 자동차도? 말해 뭐 해. 단 하루를 타고 팔아도
중고차다. 그 무섭다는 감가상각의 법칙이 엄히 적용된다.
내 소중한 차도 몇 년 후엔 중고로 팔아야 하니, 살살 아껴
가며 얌전히 타야지….

라는 것은 아름다운 꿈이고, 현실은 쓰라리다. 긁거나 긁

히고, 박거나 박힌다. 오 마이 감가상각! 내가 잘못해서 일
어난 일에는 두 손 꼭 모으고서 한없이 겸허해지지만, 가만
히 있다가 당할 때는 오십 배는 더 속 쓰리다. 어쨌든 내 인
생, 언제 어디서 뭔 일이 일어날지 한 치 앞도 알 수 없으니
그저 사람 다치는 일만 생기지 않길 바라며 눈을 부릅뜨고
사방을 살피는 수밖에.

혹시라도 누군가를 다치게 만들 수 있다는 게 너무 겁나서
운전할 엄두가 나지 않는다는 이야기를 많이들 한다. 어
휴, 나도 마찬가지다. 책임지지 못할 일을 저지를까 봐, 돌
이킬 수 없는 상황이 벌어질까 봐 몹시 두려웠다. 몇 년째
매일같이 수십km를 운전하는 지금도 그 마음은 여전하
다. 평안과 무사를 바라며 신호를 준수하고, 규정 속도를
지키고, 자동차에 달린 거울이란 거울은 수시로 들여다본
다. 아마도 길 위의 운전자들 모두 기본적으로 같은 생각
일 것이다. 그러고 보면 운전이란 사회 시스템과 구성원을
신뢰하기에 가능한 행위겠다. 아름답게 빙글빙글 돌아가
는 로터리만 봐도 그렇다.

하지만, 그래도, 그 와중에도 사고는 난다. 조심한다고 하는데도 그렇다. 환장하겠지만 그렇다. 아, 진짜 못 해먹겠네.

운전 첫해엔 의외로 아무 일도 없었다. 웬일이래? 왜긴, 아주아주 살살, 가까운 곳만 왔다 갔다 했으니까 그렇지. 난이도가 높아 보인다 싶은 골목길 같은 곳은 아예 들어가질 않았다. 내 차 두세 대쯤은 댈 수 있겠다 싶은 널찍한 공간이 아니라면 주차할 생각을 하지 않았다. 아파트 주차장이 꽤 여유 있어서 다행이었지. 몇 달쯤 지나 슬슬 드라이브하는 재미를 알게 된 후에도 역시나 느릿느릿 뽈뽈뽈뽈, 무척이나 조심스럽게 달렸다. 보는 사람은 속이 터졌을지도 모르겠다. 그렇지만 안전한 게 제일이잖아.

그렇게 1년을 보냈더니, 이듬해엔 보험료가 확 싸졌다. 90만 원 초반이던 게 50만 원대로. 아니, 이게 무슨 일이야? 잠시 고민해보곤 곧 결론 내렸다. 아하, 자동차 보험료라는 건 매년 이런 식으로 점점 줄어드는 건가 보다.

지금 생각하니 이건 뭐 바보인가 싶지만, 그때 모든 게 처음이라 그랬다(라며 변명을 시작해봅니다). 심지어 자동차 보험과 운전자 보험이 같은 건 줄 알았으니 말 다 했지. 어쨌든 보험을 갱신해야 하니 휴대폰에 보험사 앱을 설치하고선 인적 사항을 하나하나 써넣기 시작했다. 그런데 어라? 또 좋은 일이 생긴다. 1년에 15,000km 이하의 거리를 운행하면 보험료를 할인해준다는 거다(요걸 마일리지 특약이라고 하는데, 할인율은 보험사와 차종 등에 따라 2~45%까지 차이 난다). 기쁨의 함박웃음을 지으며 생각했다. 와, 이건 무조건 돈 돌려받는 거겠네. 세상에, 어떻게 1년에 15,000km씩이나 운전을 할 수 있겠어? 그런 사람이 어딨어…? 참고로 요즘은 매년 약 45,000km를 주행하고 있습니다. 아련해지네요. 하여간 그렇게 무사히, 보험사에 전화할 일 한 번 없이 첫 1년이 지나갔다. 하지만 이듬해부턴 슬슬 요런조런 사건 사고가 생기기 시작했는데….

긴장이 살짝 풀린 걸까? 2년 차가 되니 나도 모르게 마음가짐이 살짝 달라졌다. 운전이란 온 신경을 바짝 곤두세워야 하는 피곤한 행위라고만 생각했는데, 이젠 속도를 내는 게 꽤나 신난다. 도로에선 경쟁심이 드릉드릉해져 더 빨리 달리고 싶고, 아슬아슬해 보이는 공간에도 기어이 억지로 주차하고 싶어졌다. 자꾸만 운전을 게임하듯 하고 싶어지는 것이다. 그 결과, 아파트 입구의 차단봉이 완전히 올라가기도 전에 냅다 갖다 박는다든가, 누룽지 백숙집에 주차해둔 차를 빼다가 가게 입구의 장식용 돌에 차 옆구리를 긁히는 등의 사고를 쳤다. 역시, 긴장 풀린 거 맞네.

그때마다 보험사에 전화를 걸었다. 이러려고 보험 가입한 건데, 잘하는 거 맞겠지? 얼핏 듣기론 어떤 사고는 보험 처리가 유리하고 어떤 사고는 아니라던데, 경험이 없으니 기준도 없다. 그저 사고 쳤다 싶으면 냅다 보험사에 연락, 끝. 그리고 다시 1년이 지나 자동차 보험을 갱신하려는데, 어, 이거 뭐야? 보험료가 왜 이렇게 올랐어? 돈 단위가 달라졌잖아???

그렇게 저는 돈 주고도 못 배울 소중한 교훈을 얻었으

며… 아니구나, 돈 주고 배운 거구나…. 하여간 그 이후론 운전도 신중하게, 보험 처리도 신중하게 하기 위해 무척이나 애쓰고 있습니다. 눈물이 나네요. 나의 첫 번째 차 레이는 요런조런 긁힌 자국과 보험 처리 기록으로 인해 중고 가격이 후두둑 떨어져버렸다. 하지만 뭐, 꼭 내 잘못만은 아니다. 이 차가 겪은 가장 큰 사고는 따로 있는데, 무려 나와 상대방의 과실 비중이 0 대 10이었다. 그 나오기 어렵다는 0 대 10.

당시의 상황을 간략히 설명하자면, 어느 한가한 평일 낮에 원주 자유시장 지하에서 파는 떡볶이를 먹겠다고 용인에서 원주까지 부아앙 달려갔던 날이었고(참고로 이곳의 떡볶이는 정말 맛있으니 꼭 드셔보세요), 얌전히 신호 대기 중이던 내 차를 뒤차가 냅다 박은 사고다. 갓길로 이동해서 찬찬히 살펴보니, 나의 가엾은 레이는 트렁크 문이 열리지 않을 정도로 찌그러졌다. 안 돼 레이야, 눈을 떠!

곧 양쪽 보험사 직원이 출동했고, 명백한 상대방의 잘못이라 별다른 언쟁 없이 매끄럽게 사고 접수를 마쳤다. 일이 마무리되는 동안 가해 차량의 운전자는 뭘 하고 있었는가 하면, 여기서부터 진짜 열받는데 말이죠.

이 작자는 미안하다는 소리를 단 한 번도 하지 않았다. 저기요, 안 미안하세요? 멀쩡히 서 있는 차를 뒤에서 확 갖다 박았으면 입에서 자동으로 사과가 튀어나와야 하지 않나? 입이 아니라 주둥이인가? 하지만 이자는 차에서 내리자마자 냅다 침부터 탁 뱉더니(경범죄다! 경찰 선생님, 여기예요!) 나와는 눈 한 번 마주치지 않은 채 욕을 중얼중얼하며 담배에 불을 붙였다. 그렇게 한 대 쭈욱 피우더니 곧바로 한 대더. 얼씨구, 뭐 이런 게 다 있어? 그래서 나도 지지 않고 냅다 욕을 했을 리는 없고, 얌전히 내 차로 돌아가 문을 잠그고 보험사 직원이 오길 기다렸다. 좀 쫄았다. 쳇, 교양 있는 내가 참아야지. 난 우아하니까…. 너어, 오늘 진짜 운좋은 줄 알아, 부들부들….

그나마 내 과실이 없으니 다행인가 싶었지만 하이고, 다행은 무슨. 이 정도로 큰 피해를 입은 건 처음이라 속상하다. 수리하는 동안 렌터카를 이용해야 하는 것도 불편하고, 중고로 팔 때도 손해다. 혹시 모르니 병원도 가봐야 하고, 가해 차량의 보험사와도 지루하고 소모적인 밀고 당기기를 해야 한다. 그나마도 지는 싸움을. 아, 진 빠져.

새삼 다시 한번 다짐한다. 사고는 안 나는 게 최고다. 내가 모든 상황을 통제할 순 없지만, 그래도 피할 수 있는 데까진 피해야 한다. 정신 차리고 오늘도 조심조심, 내일도 조심조심. 부디 모두 안전 운전 하시길.

성취감은 셀프

루틴 만드는 걸 좋아한다. 계획표 짜는 것도 좋아한다. MBTI에 J가 들어가는 사람답다는 소리도 자주 듣는다. 그렇다고 해서 뭐 대단히 꼼꼼하고 치밀하게 계획을 세우고 그러는 건 아니다… 라고 일단 방어해본다. 어쨌든, 평소 성격이 운전에도 반영되었는지 도로 주행 연수 기간이 끝나자마자 냉큼 나에게 셀프 미션을 내렸다. 하루에 한 번씩 같은 코스를 반복해 운전하기. 그리고 매번 조금씩 더 멀리 가보기.

첫날은 아파트 지하 주차장 입구까지 올라갔다가 얌전히 내려왔고, 그걸로 만족했다. 아니, 만족했다기보단 하루치 에너지를 다 써서 어쩔 수 없었다. 주차해둔 차를 빼서(에너지 30% 차감) 주차장을 살살살살 달려(30% 차감) 지상으로 올라가는 사이(40% 차감) 눈앞이 캄캄해졌다 하얘지길 반복했다. 귀에선 삐 소리가 났고, 심장이 벌렁거렸다. 지상은 너무 멀었다. 내가 왜 지하 2층에 주차한 걸까!

다음 날엔 아파트 단지 정문을 빠져나갔는데, 차단기 게이트의 아랫부분과 타이어가 닿았는지 끼익 소리가 났고, 내 입에선 꺄악 비명 소리가 났다. 그길로 다시 얌전히 주차장으로 복귀. 그래도 그다음 날엔 단지 주변을 빙 도는 데 성공했다. 가장 가까운 지하철역에 도착해 곧바로 유턴해서 돌아온 날엔 아는 신의 이름을 다 들먹이며 감사드렸다. 종교도 없으면서, 희한하게 입에서 신이시여 소리가 줄줄 나왔다.

자, 다음은 어디냐! 아무래도 이마트랑 친해지면 두고두고 편하겠지. 우리 동네 이마트는 평일 오전엔 꽤 한가하다. 침 한번 꿀꺽 삼키고 도전. 지하 주차장으로 내려가려면 암모나이트 같은 좁은 통로를 뱅글뱅글 돌아야 한다. 내려가는 건 내려가는 대로, 올라오는 건 올라오는 대로 어렵다. 그래도 어제보단 오늘이 좀 낫고, 내일은 더 나아질 거라는 마음으로 틈날 때마다 우유도 사 오고 비빔면도 사 왔다. 뭐랄까, 참으로 모범적이고 건설적인 초보 운전자다.

요 셀프 미션이 필요하겠다고 생각하게 된 건 분당의 한 맥도날드 매장에서였다. 이른 아침부터 도로 주행 연수를 한바탕 받고선 영혼까지 탈탈 털린 채 집으로 돌아가는 길. 문득 조수석에 앉아 있던 강사가 입을 열었다. 예희 씨, 아침은 드셨나요.

마침 둘 다 공복이었고, 강사가 유턴을 지시했다. 아마도 내 인생의 세 번째 유턴이었던 것 같다. 잔뜩 긴장한 채 신호를 기다렸다가, 필요 이상으로 커다란 곡선을 그리며 멋지게 성공. 어마어마한 성취감에 취해 입이 마구 벌어지는데, 저 앞 오른쪽 가게로 들어가란다. 뭔 소리야, 뭘 어떻게 하라고? 비상등 버튼부터 냅다 누르고선 으악, 으악 소리 지르며 핸들을 돌렸다. 정신을 차려보니 맥도날드 드라이브 스루 입구다. 제가요? 여길요? 진짜로요?

드라이브 스루란 운전 기술의 선물 세트 같은 곳이다. 가게마다 구조가 조금씩 다르지만 보통은 꽤 좁은 입구로 차를 살살 몰고 들어가, 스피커폰으로 원하는 음식을 주문하고, 건물 뒤편으로 한 바퀴 돈다. 앞차에 너무 가깝게 붙으면 위험하지만, 그렇다고 세월아 네월아면 뒤차가 화를 낸다. 창문을 내리고 음식을 받은 후 결제하고, 다시 좁은 출구로 살살 빠져나간다. 마지막으로 도로에 무사히 진입해야 한다. 그리고 여러분, 제가 이 어마어마한 걸 성공했지 뭐겠습니까. 모닝 세트 맛있게 먹었습니다, 강사님. 사주셔서 감사했어요.

이날의 경험을 통해 굉장한 자신감을 얻었고, 요 기분을 그냥 흘려보내면 아쉬울 것 같아 운전 연습에 박차를 가했다. 그날의 맥도날드 매장에 다시 찾아가기까진 시간이 꽤 걸렸는데(혼자서는 역시 좀 무서웠다), 드라이브 스루 담당 직원에게 혹시 나를 기억하는지 묻고 싶었지만 꾹 참았다. 얼마나 이상해 보일까…. 뒤이어 스타벅스 드라이브 스루에도 무사히 진출 성공. 야, 끝났네 끝났어. 더 할 게 없네. 남들 다 하는 건데 나라고 못 할 리 없는 거였어. 물론 매일같이 클랙슨 소리를 숱하게 듣긴 했다. 비슷한 소리 같지만 미묘하게 다른 감정이 실려 있다. 때로는 클랙슨과 하이빔을 쌍으로 맞았다. 처음 맞은 날엔 백미러 속에서 아주 밝은 빛이 펑 터지길래 화들짝 놀랐다. 이래서 하이빔, 하이빔 하는구나. 이름 잘 지었네.

좀 더 멀리 가볼까? 휴대폰 지도 앱에 저장해둔 곳을 하나씩 클릭해보며 내 깜냥으로 넘볼 만한 곳을 골랐다. 대부분 집에서 그리 멀지 않은 경기도 용인과 광주의 대형 카페로, 주차장도 아주 널찍하고 여유 있는 곳들이다. 길이 덜 막힐 때를 노려 부아앙(실제론 느릿느릿) 달려가선 카페 문을 열고 모델처럼 걸어 들어가는 나 자신, 너무 멋있어…. 그러곤 아 맞다, 시동 끄는 걸 깜빡했다며 다시 후다닥 뛰어나가는 나⋯ 너무 지겨워⋯.

이 무렵엔 서울 시내에 아직 진출하지 못했는데, 왜냐하면 무서워서다. 나 같은 초보 운전자 따위는 감히 서울에선 씨알도 먹히지 않을 것 같았다. 그 험한 곳에서 차선은 어떻게 바꿀 것이며, 바늘 하나 들어갈 틈 없을 텐데 주차는 또 어떻게 하라고. 무사히 집에 돌아올 자신도 영 없고. 그래도 반복 연습의 효과인지 어느새 자연스레 서울에도 입성했다. 운전 8년 차인 지금은 이젠 어지간한 곳은 다 오케이라며 어깨를 으쓱거리는 중인데⋯.

그렇지만 아직까지 깨지 못한 미션이 있으니, 부산이다. 부산은 절대 차 갖고 가면 안 된다는 말을 지금까지 한 5만 번은 들은 것 같다. 이거, 정말입니까? 대체 어떤 곳이길래 그러는 거죠? 나는 부산을 아주 좋아한다. 산과 바다를 실컷 즐길 수 있고, 먹거리도 풍요롭다. 대중교통 인프라도 무척 잘되어 있고. 덕분에 틈나는 대로 기차나 비행기를 타고 부산으로 달려가, 지하철과 버스로 곳곳을 돌아 다닌다. 하지만 그래도 이왕이면 직접 운전해보고 싶다. 이미 여러 지역을 혼자서 잘 돌아다녔는걸. 전주, 삼척, 광양, 강릉, 군산…. 그런데 어째서 부산만큼은 다들 뜯어말리는 건데?

부산 출신이거나 현재 부산에 사는 사람들에게 몇 번이나 물었다. 진짜로 무리일까요? 온라인에서든 오프라인에서든 다들 고개를 절레절레 저었다. 그중에서도 부산에서 나고 자란 애인(50세, 밀면 애호가)이 제일 열심히 뜯어말린다. 야야, 니 연산교차로 아나? 부산항대교 아나? 말두 아이다! 이분은 얼마 전에도 본가에 갔다가 내비게이션을 켠 채로도 길을 잃고 한참 헤맸다는데, 그 일이 있고 나서 목소리가 더 커졌다. 안 된다, 진짜 안 된다! 이렇게 오늘도 내 마음속의 최종 던전인 부산 시티는 한 발짝 더 멀어지고 있다. 그렇지만 포기할 순 없지. 올해는, 아니 내년엔 꼭….

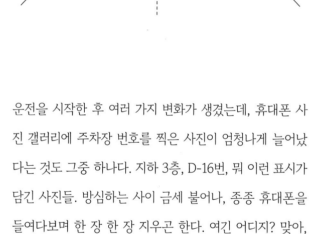

영원한 숙제, 주차

운전을 시작한 후 여러 가지 변화가 생겼는데, 휴대폰 사진 갤러리에 주차장 번호를 찍은 사진이 엄청나게 늘어났다는 것도 그중 하나다. 지하 3층, D-16번, 뭐 이런 표시가 담긴 사진들. 방심하는 사이 금세 불어나, 종종 휴대폰을 들여다보며 한 장 한 장 지우곤 한다. 여긴 어디지? 맞아, 삼성병원 장례식장에 조문을 다녀왔지. 여기는… 아, 국립현대미술관 주차장이구나. 모두 아련한 추억이 담긴 사진들이라는 건 뻥이고, 그냥 쓱 보고 휙 지운다.

그 전까진 주차라는 행위에 대해 곰곰 생각해본 적이 없다. 어차피 운전하는 건 내가 아닌걸 뭐. 일행이 어딘가에 차를 세우면 나는 그저 사뿐히 내렸고, 볼일을 본 후엔 그 뒤를 쫓아가서 다시 차에 탔다. 가끔 주차해둔 자리를 헷갈려할 땐 거든답시고 별 도움 안 되는 말이나 하곤 했다. 지하 2층 아니었어? 3층인가? 모르겠다. 다리 아파, 더워, 추워. 진상이 따로 없군.

하지만 이제는 너무나 절실히 눈알을 굴린다. 내가 대체 어디에 주차했더라? 초보 시절, 눈물 그렁그렁한 채로 땀을 뻘뻘 흘리며 내 차를 찾아 헤맨 후론(한두 번이 아니었다) 열심히 주차장 번호 사진을 찍는다. 나의 기억력 따위는 절대 믿을 수 없다. 믿을 게 따로 있지….

주차는 중요하다. 운전의 시작과 끝, 알파이자 오메가다. 이걸 모르던 시절엔 운전자에 대한 배려가 턱없이 부족했다. 상대방이 어떤 교통수단을 이용하는지 물어보지 않고서 내키는 대로 약속 장소를 잡는 일도 잦았다. 어디 어디

식당이 맛있다더라, 가보자, 라는 식으로. 차를 몰고 온다고 하면 그저 편할 거라고만 생각했다. 운전이 뭐가 힘들겠어, 여름엔 에어컨 켜고 겨울엔 히터 틀 텐데. 지하철이나 버스를 타는 내가 훨씬 힘들지. 그래서, 만나기로 한 장소에 주차를 할 수 있는지, 발레파킹 서비스가 준비되어 있는지, 혹은 근처에 공영 주차장이 있는지 등도 고려해본 적이 없다. 여차하면 자동차를 작게 접어서 주머니에 쏙 넣을 수 있는 것도 아닌데.

딱 거기까지인 인간이라, 버스 정류장이나 지하철 입구로 나를 마중 나와서 차에 태우는 것도 쉽고 간단할 거라고 착각했다. 딱 그 앞에 내려주는 것도 마찬가지. 뭐? 정류장 건너편에 세워주겠다고? 나 내려주는 게 그렇게 귀찮아? 우와, 과거의 천인공노할 짓이 하나하나 떠오른다. 마흔 살 될 때까지 속 편하게 이 차 저 차 잘도 얻어 타고 다녔는데, 내 주변 사람들은 그동안 얼마나 짜증 났을까? 뒤늦게 얼굴이 뜨거워진다. 글을 쓰다 보니 점점 내가 쓰레기 같다는 생각도 든다. 재활용도 안 될 텐데, 못 써먹겠네.

흑흑.

훌쩍거릴 시간에 좀 더 나은 인간이 되는 게 훨씬 낫겠지. 얼른 지하 주차장으로 내려가서 주차 연습을 한 번이라도 더 해보자. 내가 사는 아파트 단지는 아주아주 큰데, 평일 낮엔 으레 텅 비어 있어 쾌적하기 그지없다. 만약 주차난이 있는 곳이었다면 운전을 시작할 엄두가 나지 않았을지도 모르겠다.

차 열쇠와 함께 주먹을 불끈 쥐고 주차장을 바라보면 의욕이 샘솟는다. 마음 같아선 어디든 차를 댈 수 있을 것 같다. 이쪽 끝에서부터 저쪽 끝까지 다 내 땅 같은걸. 하지만 막상 시동을 걸고 핸들을 돌리기 시작하면 얘기가 달라진다. 요 사각형 주차선 안에 내 차 한 대 쏙 집어넣는 게 그렇게 어려울 수 없다. 나 원 참, 카니발이나 팰리세이드면 또 몰라. 레이 가지고 이럴 일이야?

왜 안 되는 걸까? 곰곰 생각해봤는데, 공식이 있어서 어렵게 느껴지는 것 같다. 세상에는 주차 공식이라는 게 있어서(유튜브에 가득하다), 요런 것 한두 가지만 익히면 쉽게 할 수 있다고들 한다. 하지만 나는 오히려 반대다. 공식의 기역 자만 들어도 수학 공식이 먼저 떠올라버려 골 아프다. 물론 공식 따위, 딱 보면 척 외우는 사람도 어딘가엔 있겠지. 그렇지만 내가 좋아하는 공식은 이별 공식뿐이다. 햇빛 눈이 부신 날에 이별해봤니, 비 오는 날보다 더 심해….

농담은 저리 치우자. 어차피 현실을 외면할 순 없다. 전진을 하든 후진을 하든, 집 앞을 한 바퀴 돌든 세계의 끝을 향해 질주하든, 운전의 마무리는 결국 주차다. 어떤 꼴이 되었든 간에 차를 세우긴 해야 하는 것이다.

자, 침착하게 다시 하자. 운전석에 앉아 연수 강사에게 배운 것을 머릿속으로 시뮬레이션하고, 조회수가 높은 주차 공식 유튜브 영상을 다시 한번 본다. 이거구나, 확신이 생긴다. 시동을 걸고 이만큼 전진했다가 핸들 두 바퀴 돌리고 다시 후진. 이번에야말로 완벽하게 성공이겠지. 차에서 내려 확인해본다. 결과는? 주차 칸 두 개를 정확히 절반씩 점유했다. 어쩜 이렇게 공평하게 반반인지, 이것도 능력이다.

곧바로 2차 시기. 마음 같아선 지금 요 자리에 제대로 주차하고 싶지만, 왠지 여긴 마가 낀 것 같고 저쪽이 훨씬 나아 보인다. 살살살살 차를 몰고 가, 다시 한번 공식을 읊조리며 시도한다. 어깨선이랑 주차선을 이렇게 맞추고, 사이드미러를 요렇게 조절해서… 또 틀렸다. 이 자리도 마가 낀 게 분명하다. 다른 데로 가야겠다. 그렇게 대여섯 번 만에 제대로 주차하니 세상 행복하다. 아휴 뿌듯해! 그런데 여기가 어디지? 우리 집은 201동인데 언제 210동 앞까지 온 건지 영문을 모르겠다. 그렇지만 다시 201동 앞에 주차할 엄두는 나지 않으니, 씩씩하게 걸어서 집으로 돌아간다. 그리고 다음 날은 차를 어디에 세워뒀는지 완전히 잊어버리고선 방황한다. 정말 이게 사는 건가요….

이제는 주차가 딱히 어렵거나 공포스럽지 않다. 반복 학습

덕분이겠지. 차를 바꾸면서 후방카메라를 비롯한 온갖 옵션을 집어넣었더니 그 어렵던 평행 주차도 척척 하게 되었다. 역시 돈이 좋다. 돈 얘기가 나와서 말인데, 자동차 유지비엔 차 할부금과 기름값, 세금뿐 아니라 주차요금도 포함된다. 나는 이 당연한 사실을 두 번째 차를 산 후에야 확 깨달았다. 경차 할인이 사라지니 주차요금이 순식간에 두 배가 되어버렸으니까. 잠깐이든 오래오래든, 이 큼직한 운송 수단을 세워두려면 만만치 않은 돈이 드는 거였다. 그만큼의 부동산을 점유하는 것이니 당연하겠다.

주차 공간은 언제나 부족하다. 지상은 물론이고, 지하 깊숙이 땅을 파 들어가는데도 부족하다. 백화점과 마트도, 일주일에 5일씩 출근하는 성수동 사무실도 그렇다. 특히 사무실이 문제다. 그래도 아직은 지하 5층까지 뱅글뱅글 돌다 보면 내 자리 하나 정도는 어떻게든 찾을 수 있는데, 어째 곧 부족해질 것 같아 걱정이다. 서울 시내다 보니 요금도 만만찮고.

그래서인지 주차장에선 이런저런 큰 소리가 나곤 한다. 주차장 입구를 자동차로 막고선 며칠이나 버텼다는 주차 시비 이야기도 뉴스에 심심찮게 등장한다. 그렇게 심한 정도는 아니지만, 마트 주차장에서 한두 번 불쾌한 일을 겪긴 했다. 좀 있으면 일행의 차가 온다며 주차를 방해하는 사람도 있었고, 후다닥 달려와 내 차 앞을 가로지르며 쇼핑카트 머리부터 냅다 밀어 넣는 일도 겪었다. 발끈 화가 나지만, 에휴 하고 한숨 쉬며 다른 자리를 찾으러 간다. 말이 통할 사람이라면 애초에 저런 짓을 하지 않겠지. 괜히 얽히지 말자.

빈자리 표시등 시스템이 마련된 주차장에선 초록색 불빛을 찾아가면 되는데, 그렇지 않은 곳은 정신없이 눈을 굴려야 한다. 요쪽엔 자리가 없네, 저쪽은 있으려나? 그러다 저 멀리 빈 공간을 발견하면 마음이 놓인다. 아이고, 찾았다! 하지만 빼앗길세라 후다닥 도착해보면 모닝이나 스파크가 주차 칸 깊숙이 숨어 계실 때가 종종 있다. 앗, 안녕하세요…. 저는 그럼 이만….

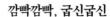

깜빡깜빡, 굽신굽신

안녕하세요, 오늘도 온 사방에 죄송할 일을 만들고 다니는 8년 차 운전자입니다. 이젠 초보는 아니지 않나 싶지만 여전히 긴장을 늦출 수 없는데, 아니지, 운전을 하는 이상 언제나 긴장하는 게 맞겠다. 하여튼 그래서 나는 수시로 비상등 버튼, 일명 깜빡이를 누른다. 아마 내 차에서 제일로 자주 누르는 버튼일 것이다. 색깔도 빨갛지, 크기도 큼직하지, 누르기 참 좋게 생겼다.

깜빡이는 마법의 버튼이다. 온 사방에 손가락 하트를 날리는 마음으로 꾸욱 누른다. 나의 첫 차 레이에겐 '죄송이'라는 애칭이 있었다. 시동을 거는 순간부터 다른 운전자와 보행자에게, 그냥 온 지구의 생명체에게 너무 죄송해서 그랬다. 마음에 걸리는 일이 생기면, 정확히 뭘 잘못한 건진 모르겠지만 뭐가 되었든 내가 또 뭔 일을 저질렀겠거니 하며 일단 버튼부터 눌렀다. 죄송합니다, 좀 봐주세요.

그때보다 확실히 여유 있어진 지금은 여기에 '고맙습니다, 실례할게요'라는 마음을 함께 담는다. 오른손은 언제든 깜빡이를 누를 준비가 되어 있다.

깜빡이 기능은 쓰는 사람은 계속 쓰는데, 안 쓰는 사람은 생전 안 쓴다고 한다. 운전하며 이런저런 열받는 상황을 만나보니 정말 그런 것도 같다. 차선을 너무 급히 바꾼다든가, 좁은 골목에서 떡 버티고선 시치미를 뚝 뗀다든가(심지어 일방통행인데!), 주차요금을 한없이 느리게 결제한다든가, 뭐 끝도 없지. 아 뭐야, 왜 저러냐 하며 한숨을 쉬다

가도 앞차의 비상등이 깜빡거리면 희한하게 마음이 사르르 녹는다. 덩치 큰 기계이지만 왠지 미안해하는 표정이 보이는 것 같다. 어쩌겠어, 비상등 켰는데 좀 기다려줘야지. 덕분에 자칫하면 언성 높아질 상황이 슬슬 풀어지곤 한다. 비상등이 큰일 하네.

나만 그렇게 생각하는 건 아니겠지. 자동차에 비상등 버튼이 생기고 활용법이 널리 퍼진 이래로, 비상등 커뮤니케이션이 널리 퍼진 이래로, 운전자들은 서로 실례하고 봐주고 넘어가주며 오늘도 무사히 집으로 돌아갔을 것이다. 이러니 우리 깜빡이, 사랑하지 않을 수 없다. 돈 드는 것도 아닌데 뭘 망설이겠는가. 한 번 누르는 데 10원씩이라면 좀 고민되겠지만.

그러고 보니 참으로 공익광고 같은 마인드다. 어쩜 이렇게 많이 배운 문화시민 같은 소릴 하고 있는 거지? 뭐, 오글거린대도 상관없다. 화내고 싸우는 것보단 낫잖아. 내가 받았던 보이지 않는 호의에 보답하고 싶다.

운전을 시작한 첫 1~2년은 도로 위의 상황 하나하나가 몽땅 당황스러웠고, 나 외의 다른 운전자는 모두 영화 〈매드 맥스〉 출연자처럼 보였다. 특히 차선 변경은 신의 영역 같았다. 이 미천한 제가, 감히 선생님의 차선에 좀 들어가도 되겠습니까! 물론, 주위 사람들에게서 조언을 숱하게 듣긴 했다. 방향지시등을 먼저 켜서 몇 차례 점멸한 후, 뒤에서 달려오는 차의 속도를 가늠해 충분한 간격을 두고, 자연스럽게 앞차의 뒤꽁무니를 따라서 스르륵 들어가라는 거다. 아니 저기요, 저도 알아요. 머리랑 몸이랑 따로 노는 게 문제라고요.

그래서 냅다 비상등을 켰고, 온몸으로 깜빡깜빡대며 '제발요, 저 좀 끼워주세요'를 외쳤다. 나의 조그마한 레이가 얼마나 절박해 보였을까? 수많은 매드 맥스들이 무시하고 휙휙 지나갔지만, 관대하게 길을 열어주는 운전자도 있었다. 입에서 절로 어우우 감사합니다 소리가 튀어나왔다. 선팅 때문에 보이지도 않을 텐데 거듭 고개를 숙였다. 정말이지 두고두고 복 받으실 겁니다. 그리고 생각했다. 나도 얼른 자라서(이미 중년이다) 관대한 운전자가 되어야지.

그런 마음을 먹은 후엔 누구든 깜빡거리기만 하면 냅다 끼워주기 시작했다. 왜, 차선 바꾸고 싶어? 들어오고 싶은 거야? 언니가 도와줄게! 브레이크를 밟아 속도를 줄였다. 어서 들어오렴. 난 딱히 바쁜 일도 없고, 좀 천천히 가도 된단다. 요런 하해와 같은 넓고 깊은 마음으로 우선 한 대 끼워주고, 두 대 끼워주고, 이왕 끼워주는 거 세 대째 끼워줬더니 어디선가 어마어마한 클랙슨 소리가 들려왔다. 뒤차가 작작 하라며 분노의 빠앙을 날린 것이다. 그랬구나… 내가 또 눈치가 없었네…. 여전히 마음만 앞선 초보는 이럴 때도 사과의 마음을 담아 비상등 버튼을 누른다. 깜빡깜빡.

한편 나는 대학교에서 산업디자인을 전공했는데, 자동차 디자인 수업도 몇 년간 수강했다. 비록 운전은 마흔 살에 시작했지만. 어쨌든 그 영향인지 교통 체증이 심할 때나 장거리 운전을 할 때면 으레 길 위의 자동차들을 바라보며 이런저런 상상을 한다. 요건 조렇게, 조건 요렇게 바꾸면 어떨까? 한동안은 말풍선 기능에 좀 빠져 있었는데, 그러니까, 자동차 뒷부분이나 옆쪽 유리창 등에 말풍선이 뾰로롱 뜨면서 다양한 이모티콘이나 메시지를 실시간으로 담는 것이다. 아 왜, 와이파이랑 블루투스의 나라에서 이 정도쯤은 할 수 있지 않을까? 안녕, 좋은 아침, 끼워줘서 고마워요, 급정거해서 미안해요, 요런 식으로 소통하면 운전이 얼마나 즐겁겠어… 라고 생각하는 순간 웬 세단이 눈앞에서 차선 세 개를 넘나들며 칼치기를 한다. 저, 저, 미친놈아냐!

아무래도 안 되겠다. 말풍선 기능, 분명 욕만 정신없이 날리게 될 것 같다. 야, 장난해? 갓길에 차 대. 내려. 그러곤 싸움이 시작되겠지. 역시 그냥 비상등 버튼이나 누르는 게 훨씬 평화롭겠다.

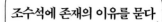

조수석에 존재의 이유를 묻다

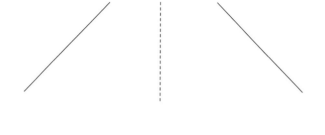

아예 모르면 몰랐지, 일단 경험해보고 나면 얘기가 달라지는 것들이 있다. 주로 생활을 편하고 쾌적하게 만들어주는 요소들이다. 물건이든 서비스든, 써보기 전으론 돌아가기 싫은 아이템들. 당장 손에 쥐고 있는 스마트폰만 봐도 그렇다. 요거 없었을 땐 대체 어떻게 살았는지 기억도 안 난다(거짓말입니다, 기억납니다). 인터넷 검색과 음악, 영상을 즐길 때도 스마트폰 없으면 곤란하다. 어느새 온갖 인증서도 요 안에 가득하다.

집안 살림살이 중에선 리클라이너 체어와 빨래 건조기가 단연 투톱인데, 덩치 크고 비싼 물건이라 한참 망설였지만 일단 지르고 나니 삶의 질이 확 높아져버렸다. 영접하길 잘했어. 열심히 뽕 뽑아야지. 무릎 꿇고서 손걸레질을 해야 방바닥이 뽀득뽀득 깨끗해진다던 부모님도 이젠 로봇 물걸레 청소기의 팬이 되었다. 전화할 때마다 고 기특한 것이 지금은 식탁 아래를 열심히 닦고 있다며 귀여워한다. 이제 와서 다시 손걸레질을? 절대 싫다. 역시 내 몸 편한 게 최고다. 최신 기술을 열심히 개발하고 계신 분들께 깊이 감사드립니다. 화분에 물 주는 기계도 좀 부탁드려요.

자동차도 마찬가지다. 새로운 기능을 만날 때마다 눈이 더, 더 크게 뜨이는 기분이다. 아니, 이런 것도 돼? 충동구매한 첫 차와 신중구매한 두 번째 차 사이엔 참으로 큰 차이가 있어서 매번 새롭게 놀란다. 뭐니 뭐니 해도 통풍 시트가 짱인데, 짱이라는 표현이 좀 낡은 것 같기도 하지만 그것 말고는 내 마음을 대변할 단어를 아직 못 찾았다. 그냥 짱이 아니라 개짱이다. 통풍 시트라니, 이런 신비한 기술이 존재한다는 걸 그전까진 전혀 몰랐다. 이런 바보. 미리 알았다면 첫 번째 차를 살 때 옵션으로 냉큼 추가했을 텐데. 매일같이 등짝과 엉덩이와 허벅지에서 땀을 질질 흘리며 운전하던 어느 평범한 여름날, 인터넷 서핑을 하다가 자동차 옵션 이야기로 시끄러운 글을 발견했다. 새 차를 살 예정인데 편의 기능을 추천해달라는 글에 댓글이 잔뜩 달린 거였다. 대충 보니 별의별 옵션이 있는 모양인데, 어 잠깐, 통풍 시트는 또 뭐지? 댓글 눈치를 보니 어째 나 빼곤 다들 아는 모양이다. 그렇다면 검색해야겠군. 통…풍… 시트…. 이게 뭐야? 의자에서 바람이 쉥쉥 나온다고? 말도 안 돼, 거짓말….

열선 핸들과 열선 시트, 줄여서 손따와 엉따는 있었다. 한참 추운 계절에 첫 차를 사러 간 거라 자연스럽게 옵션을 추가한 것이다. 하지만 곧 여름이 올 것이며 이 땅의 여름은 길고 혹독하다는 걸 그땐 미처 생각하지 못했다. 내 입으로 말하곤 있지만 이건 뭐 바보 아닌가 싶군. 하여간 이제라도 통풍 시트, 일명 엉시의 존재를 알게 되었으니 누구도 나를 말릴 수 없다. 두 번째 차를 살 때는 무조건 옵션 1순위. 이젠 엉따와 손따, 엉시가 없는 차는 상상할 수 없다. 절대 안 된다. 돌이킬 수 없어.

그런데 의외로 요 통풍 시트의 찬 바람을 좋아하지 않는 사람도 많다. 에어컨 바람은 시원하지만, 통풍 시트는 뼛속이 시린 느낌이라는 거다. 엇, 그래요? 내가 좋으니 남들도 좋아할 줄 알았지만 꼭 그런 건 아닌 모양이다. 역시 사람은 대화를 해야 한다.

통풍 시트의 바람은 시트 표면의 수많은 작은 구멍을 통해 쉥쉥 불어 나온다. 정말 귀한 구멍이다. 절대 막혀선 안된다 애들아. 그래서 내 차에선 음식물 섭취 금지다. 과자가루 같은 게 요 속으로 들어가는 걸 상상하면… 으아아, 안 돼! 고체 형태의 이물질도 싫지만 액체 쪽은 어휴, 훨씬 끔찍하다. 종종 자동차 시트와 기어봉 주변에 끈적한 스무디나 프라푸치노 같은 걸 왈칵 엎은 사진을 인터넷에서 보는데, 뒤통수가 바짝 설 정도로 오싹하다. 아아 제발

요, 생각하기도 싫습니다. 일반 시트라면 욕을 바가지로 하면서 벅벅 닦아내기라도 하지, 통풍 시트일 경우엔 수많은 구멍을 통해 액체가 쏙쏙 스며들어 시트 내부가 썩을 것이다. 과일 음료일 땐 과일 썩는 냄새가, 유제품이 들어간 거면 우유 썩는 냄새가 나겠지. 생수나 아메리카노처럼 당분이 없다고 해도 내부에 곰팡이가 슬거나 기계장치가 고장날 수 있다. 아아, 그만 그만!

그렇게 해서 나는 아주 빡빡한 독재자가 되어버렸다. 내 차에선 먹지도 말고 마시지도 마라, 그냥 아무것도 하지 마라를 눈 부라리며 부르짖는다(정 목마르다면 빨대를 써주세요). 솔직히 말하면, 운전 중에 대화하는 것도 별로 좋아하지 않는다. 누구든 내 차에 탄 사람은 편히 잠을 잤으면 좋겠다. 시트를 한껏 뒤로 젖히고 푹 주무시라. 잠이 안 온다면 마음껏 휴대폰을 보시라. 나는 나 좋아하는 음악이든 팟캐스트든 뭐든 들으면서 가면 된다. 그게 맘 편하다.

어쩌면 내 차가 집의 일부라고 생각해서 그런지도 모르겠다. 혼자 살아서 그런 걸까? 나는 내 집을 딱 나 한 명에게 맞추어 최적화해놨고, 누군가 그걸 흩트리는 게 영 별로다. 예를 들어 텔레비전 리모컨은 소파 위에 올려놓지 않는데, 소파도 까맣고 리모컨도 까매서 틈새로 쏙 들어가면 찾기 어렵다. 밝은 나무 재질의 테이블 위에 놔두면 모두가 행복하다고… 라며 얼마 전에도 애인과 한판 했다. 그렇다고 내 집이 그렇게 대단히 깔끔하게 정리된 건 아니지만.

하여간, 내 차는 거의 나 혼자만 탄다. 출퇴근하느라 매일같이 왕복 80km를 달리니, 아마도 운전석 쪽으로 차가 꽤 기울어졌을 것 같다. 운전석 시트만 푹 꺼졌을지도 모르겠다. 뒷자리는 언제나 텅텅, 트렁크도 텅텅이다. 조수석엔 가방과 겉옷, 휴대폰을 주로 올려둔다. 그러고 보니, 조수석이라곤 하지만 이젠 조수가 딱히 필요하지 않다. 애초에 이 명칭은 1900년대 초반에 만들어진 것인걸. 당시의 자동차는 시동을 걸 때마다 매번 크랭크축에 막대기를 끼워서 손으로 돌려야 했는데, 이게 꽤 힘이 필요한 일이었단다.

하지만 그 귀하고 비싼 자동차를 소유할 정도로 돈 많은 사람들이 직접 막대기를 돌렸을 리 없지. 대부분은 시동을 대신 걸어주는 조수를 고용해선 옆자리에 태우고 다녔다. 이제는 조수석에 앉은 사람이 특별히 할 일이 없으니, 명칭을 바꿔야 하지 않을까? 예전처럼 두툼한 전국 도로 교통지도 책자 같은 걸 들여다보며 길을 찾아야 하는 시대도 아니잖아.

하지만 이런 건방진 생각이 무색하게도, 조수님의 존재가 너무너무 절실했던 사건이 벌어졌으니….

2021년 10월의 KT 인터넷 장애 사건을 기억하시나요? 직원의 코드 입력 실수로 인해 갑자기 전국의 인터넷이 마비된 후, 꽤 오랫동안 그 상태가 지속된 일이다. 문제의 그날 그 시간, 나는 언제나처럼 혼자, 하필이면 영동고속도로 한가운데를 달리고 있었다. 속초를 향해 부릉부릉 신나게 내달리는데, 어라? 갑자기 내비게이션이 멈춰버리는 거다. 뭐야, 앱이 다운됐나?

내비의 안내만 믿고 직진하던 중이라 급히 앱을 껐다 켰지만 어째 달라진 게 없어 보인다. 그러고 보니 아까부터 듣던 유튜브 음악도 멈춘 것 같은데… 에이, 우연이겠지? 더듬더듬 인터넷 브라우저며 팟캐스트 앱을 클릭했지만 역시나 실행되지 않는다. 시속 110km로 달리는 중이라 왼손으론 핸들을 잡고 오른손으로 휴대폰을 만지려니 불안정하다. 곤란하네. 동행인이 있다면 검색이든 전화든 대신해줄 텐데.

다행히 전화 연결은 문제 없이 잘되어, 급히 애인과 통화해보고서야 상황을 어느 정도 파악했다(이럴 때는 그래도 애인이 소중하다). 뭐어? 온 동네 인터넷이 다 그 모양이라고?

그렇게 참으로 오랜만에 인터넷에 연결되지 못한 채로 일단 직진하다가, 제일 먼저 나온 휴게소에 차를 세웠다. 아이런, 휴게소의 결제 시스템도 통째로 다운되었구나. 핫바 먹어야 하는데, 통감자도….

그때를 생각하면 어휴, 지금도 등골이 오싹하다. 한 시간 반 만에 어찌어찌 상황이 종료되었다지만, 언제 또 그런 일이 생길지 모르는 거다. KT 인터넷 사용자 수를 생각하면, 모르긴 해도 영동고속도로를 달리던 자동차의 절반 정도는 나처럼 내비게이션이 갑자기 멈춰버려 당황하지 않았을까? 그나마 나는 한가롭게 여행하는 중이었으니 망정이지, 위급한 일이 있는 경우엔 무척 곤란했을 것이다. 비어 있는 조수석이 오늘따라 괜히 더 휑해 보인다. 얼른 기술이 더 발전해서 AI 조수 같은 게 나와줘야 할 것 같다. 여차하면 길을 찾아주고, 신호가 바뀌면 재빨리 알려주고, 시비 거는 작자가 나타나면 눈에서 레이저를 쏴 물리치는 AI 조수. 거 괜찮겠네. 하지만 인터넷망이 또 먹통일 땐 얘도 덩달아 먹통일 텐데, 그럼 어떡하지…? 고민은 끝이 없다. 으휴, 정말 내가 못 살겠네.

비 오는 날의 낭만 따위

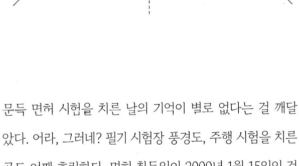

문득 면허 시험을 치른 날의 기억이 별로 없다는 걸 깨달았다. 어라, 그러네? 필기 시험장 풍경도, 주행 시험을 치른 곳도 어째 흐릿하다. 면허 취득일이 2000년 1월 15일인 걸로 보아 분명 상당히 춥긴 했겠다. 시간대는 아마도 오전이나 한낮이었겠지. 그렇잖아도 운전에 서툰데, 사방이 환하기라도 해야 할 테니까.

그래서 면허를 딴 후 오래오래 묵혀놨다가 드디어 운전 연수를 받고 도로에 진출할 때까지 야간 운전이란 건 단 1초도 해보지 않았다. 되도록 밝을 때만 집 주변을 돌며 조심조심 연습했다. 야간은커녕 운전석에선 노을도 한번 본 적 없다. 노을이란 남이 운전하는 차 조수석에서 한가롭게 봐 줘야 제맛이지, 후후.

요런 세상 편한 마인드로 살다가 난생처음 야간 운전에 뛰어든 날은 눈에 보이는 게 없었다. 그냥 하는 말이 아니라, 정말로 그랬다. 해가 졌을 뿐 아니라 갑자기 비까지 주룩주룩 내려버렸으니까. 밤길도 처음, 빗길도 처음이다. 한 번에 하나씩도 어려운 판에 왜 둘이 같이 오고 지랄이야. 내 인생의 장르는 아무래도 시트콤인 것 같다. 호러나 범죄 스릴러가 아닌 건 다행이지만.

운전 연수 20시간을 힘겹게 끝내고선 매일같이 혼자 집 주변을 왔다 갔다 하며 주행 연습을 하던 때인데, 그날따라 대체 무슨 생각을 했던 건지(아마 아무 생각 안 했겠죠) 길 막힐 게 뻔한 퇴근 시간대에 도로에 나와버린 거다. 하필이면 금요일 저녁이라 평소보다 차가 더 많은데, 왜 그랬니 나야. 게다가 오후 내내 하늘이 꾸물꾸물하더니만 사방이 금세 컴컴해진다. 곤란한데, 이렇게 어두울 땐 운전을 안 해봤는데…. 잠깐, 앞 유리창에 뭐가 떨어지잖아? 설마 이거 비야?

급히 와이퍼를 작동시켰다. 지난 며칠간 두꺼운 자동차 매뉴얼을 훑어본 보람이 요만큼은 있어서, 와이퍼 조절기가 어디 붙어 있는지 금방 찾았다. 서너 번의 시도 만에 작동법도 찾아냈다(자랑이다). 이렇게 하면 경박하게, 요렇게 하면 세상 느리게 움직이는 거구나. 좋았어!

좋긴 뭐가 좋아, 너무 성가시다. 기다란 막대기 두 개가 눈앞에서 왔다 갔다 하니 정신이 하나도 없다. 차라리 그냥 비를 맞는 게 나을 것 같아 작동을 멈추니, 이번엔 앞 유리창에 다닥다닥 달라붙은 빗방울 하나하나에 온 사방 자동차 불빛이 아름답게 반사되고 난리다. 수천 개의 반짝이는 빗방울이라니, 클럽이야 뭐야….

그나저나 이쯤에서 슬슬 옆 차선으로 들어가야 하는데, 빗물에 젖어서인지 차선이 잘 보이지 않는다. 사이드미러를 열심히 들여다보지만 거울에 붙은 빗방울이 정신없이 반짝거린다. 그 와중에 방향지시등의 깜빡거리는 소리가 유난히 시끄럽다. 으으, 못 해먹겠네 진짜. 결국 차선 바꾸길 포기하고 냅다 직진하니, 이번엔 내비게이션이 준엄히 꾸짖는다. 경로를 이탈하여 재검색합니다. 다음 안내 시까지 2km 직진입니다. 뭐어? 이게 무슨 소리야, 어딜 또 2km나 가라는 거야. 내비야, 나한테 왜 이래. 아직도 생생하다. 영원히 끝나지 않을 것 같던 비 내리는 금요일 밤….

비는 무섭다. 밤에만 무서운 게 아니라 대낮에도 만만찮다. 특히 빗물 벼락은 최악이다. 빗속을 달리는 도중에 반대편 차선의 빗물이 갑작스럽게 튀어 내 차 앞 유리창을 덮치면 심장이 발목까지 퉁 하고 떨어져 내리는 것만 같다. 소리는 또 얼마나 크다고. 처음 빗물 벼락을 맞은 순간엔, 아마 1초가 될까 말까 한 짧은 시간이었겠지만, 난 이제 끝인가 보다 생각했다. 안 돼, 아직 가보지 못한 빵집이 얼마나 많은데! 이젠 나름 익숙해져서, 비가 많이 온다 싶을 땐 마음의 준비를 하며 운전한다. 하지만 막상 또 빗물 벼락을 맞으면 여전히 심장이 발목에 걸린다. 어서 제자리로 올라가주렴, 심장아.

빗길에서도 그렇지만, 눈길에선 속도를 더 낮춘다. 대설주의보나 경보가 내린 날 굳이 운전해야 한다면 그냥 마음을 착 내려놓고 아주 천천히 간다. 달리는 게 아니라 가는 거다. 이때 미리 연료를 빵빵하게 채워놓아야 하는데, 사람 일은 모르기 때문이다. 길이 얼마나 막힐지, 몇 시간이나 걸릴지 알 수 없다. 특히나 나처럼 꽤 먼 거리를 출퇴근할 땐 더 그렇다.

2021년 1월 초엔 말문이 턱 막힐 정도의 폭설이 쏟아졌다. 특히 서울과 경기 지역은 퇴근 시간대인 오후 5~6시부터 눈이 내리기 시작해선 밤 11시 넘어서까지 쉬지 않고 쏟아져 도로가 온통 마비되다시피 했다. 성수동 사무실에서 뉴스와 내비게이션 앱을 번갈아 들여다보며 고민했다. 용인 집까진 얼마나 걸릴까? 언제 출발하는 게 그나마 좀 나을까?

망설망설 망설이다 밤 10시가 되었고, 더 늦으면 안 될 것 같아 조심스레 출발했다. 자동차에 사륜구동 옵션을 추가해놓긴 했지만 어떤 식으로 작동되는지 몰라 후다닥 매뉴얼도 읽었지. 천천히 집을 향해 기어가는 사이, 수많은 자동차가 운행을 포기한 듯 그저 서 있는 모습을 보았다. 청담대교 입구에, 동부간선도로와 분당수서간도시고속화도로 곳곳에 가득한 조난 차량. 나중에 들으니 한 전기차 운전자는 시시각각으로 배터리가 닳는 걸 보며 불안한 마음에 히터도 틀지 못한 채 버텼다고 한다.

집에 돌아오니 새벽 한 시 반. 평소의 세 배 이상 걸렸다. 두 번쯤 차가 팽그르르 돌았는데, 그중 한 번은 바로 옆에서 살살 기어가던 포르쉐 카이엔 쪽으로 바퀴가 굴러가는 바람에 엄청 식겁했다. 셀토스야 정신 차려, 카이엔은 건드리면 안 돼. 어쨌든 무사히 집에 와서 정말이지 다행이야.

이날의 폭설은 무엇 때문이었을까? 변덕스런 하늘이 그 날따라 눈을 좀 많이 퍼부은 것뿐일까? 아무래도 그런 건 아닌 것 같다. 전문가들은 이런 식의 이상 기후 현상은 앞으로도 계속될 것이고, 점점 더 심해질 것이라 예측한다. 2022년 초가을엔 태풍 힌남노가 전국 곳곳에, 특히 포항과 경주, 제주 지역에 큰 피해를 입혔다. 기록적인 폭우로 서울 강남대로가 통째로 침수된 지 얼마 되지 않아 닥친 태풍이라 유난히 기억에 남는다.

하지만 몇 년간 팬데믹으로 우왕좌왕하느라 날씨는 뒷전이었다. 확진자 수며, 백신이며, QR 코드며, 매일같이 쏟아지는 코로나 관련 뉴스에만 온통 신경이 쏠렸으니까.

그렇게 2년을 정신없이 보내고 나니 여느 해보다 더 더운 여름이 찾아왔고, 그제야 기후 변화를 제대로 실감한 거다.

내년은 올해보다 더 덥고, 더 센 태풍이 불어닥칠지 모른

다. 더 큰 눈이 쏟아질지 모른다. 알고 있는 생존 기술이

딱히 없는데, 그나마 운전이라도 배워둬서 다행인 걸까….

PART 4

작은 공간이
선물한
나의 세상

#초보운전 딱지를 떼다

#풍경을 느낄 수 있는 여유

#혼자만의 여행

가자, 시내로

경력 대부분을 프리랜서로 일해온 자로서 뒷짐 지고 한마디 하겠는데(엣헴), 프리랜서는 절대로 프리하지 않다. 프리랜서가 프리하다면 쫄쫄 굶기 딱 좋다. 조직에 소속되어 일하는 사람에 비해 좀 더 유연하게 일정을 조정할 수 있긴 한데, 그렇다고 해서 일을 내팽개치고 멋대로 놀러 가거나 할 수는 없다. 당연하다. 오늘 시간을 빼려면 어제 미리 오늘 치 일을 해두든가, 내일 두세 배로 더 해야 한다. 즉, 갑자기 당일에 연락해서 놀자고 하면 곤란하다는 얘기다.

적어도 삼사일 전엔 미리 얘기해줘야 할 것 아냐 이것들
아… 라고 계속 쓰다 보면 프리랜서의 기쁨과 슬픔에 대해
5박 6일간 필리버스터를 하게 될 것 같다. 그런 이야기가
궁금하시다면 저의 책《지속가능한 반백수 생활을 위하여
(21세기북스)》를 읽어주셔요.

그렇게 25년 가까이 일해왔다. 프리하지 않은 프리랜서 생
활은 어쩌면 나에게 꽤 잘 맞는 옷인지도 모르겠다. 나는
각 잡힌 루틴을 지키며 생활하는 데서 안정감을 느끼는 타
입이지, 할 일이 쌓였을 때 훌쩍 여행을 가거나 아파트 옥
상에서 번지점프를 하는 쪽은 아니다. 그럼에도, 운전에
꽤 익숙해지니 나에게서 슬쩍슬쩍 의외의 면을 발견하게
되었다. 나, 은근히 프리하게 살고 싶었나 보네?

일과 일 사이 짬이 날 때마다 가벼운 마음으로 어디든 달
려갈 수 있다는 건 생각보다 훨씬 더 즐거운 일이었다. 이
게 바로 프리하다는 감각이구나. 40년 만에 획득한 스킬,
기동력이란 이렇게 굉장한 거였다. 좀 늦었지만, 이제라도

알게 되어 기쁘다.

딱히 뚜렷한 목적이나 목적지가 없어도 상관없다. 굳이 고속도로를 한참 달려 다른 도시까지 가선 고작 스타벅스에나 들어가는 게 전부더라도. 그동안 두껍게 쌓인 고립감에 지치고 질려서 더 그랬던 것 같다. 텅 빈 아파트에서 혼자 재택근무하던 시절엔 바람을 쐬고 싶어도 바람 부는 곳까지 가기 어려웠고, 다시 돌아올 길도 막막해 매번 생각만 하다가 그만두곤 했다. 해 떠서 해 질 때까지 하루를 꽉 채워 보내는 게 몹시도 힘들었다.

운전에 생각보다 빨리 익숙해진 건, 내 안의 욕구불만이 어마어마했기 때문일 것이다. 펑 하고 터져버릴 것 같을 때마다 무작정 주차장으로 달려 내려가 시동을 걸었다. 혹은 주차장에만 있어도 좋았다. 차 문을 잠가놓고, 등받이를 한껏 뒤로 젖히고선 눈 감고 음악을 들으며 심호흡했다.

성수동 사무실로 출퇴근한 지도 5년째에 접어든다. 러시아워를 피하느라 좀 늦게 나와서 늦게 돌아간다(프리랜서의 장점이네요). 운전을 시작하지 않았다면 엄두가 나지 않았을 것이다. 대중교통으론 마을버스와 광역버스, 지하철을 골고루 갈아타야 하는 난코스니까. 굳이 하지 않아도 되는 출퇴근을 기어이 하는 이유는 딱 하나, 재미있어서다. 지금 서울에서 제일 핫하다는 이 동네가 너무 재미있다. 온갖 브랜드의 팝업 스토어가 생겼다 사라지기를 정신없이 반복하는 정신 사납고 시끄러운 동네.

오고 가는 길도 근사한데, 특히 동부간선도로와 분당수서간도시고속화도로 구간엔 다양한 수종의 식물이 가득해 눈이 즐겁다. 개나리와 벚꽃, 영산홍, 이팝나무와 능소화가 봄부터 여름까지 차례로 피고 지면 가을이 찾아온다. 나뭇잎 색이 따뜻하게 물들어가는 시간이다. 겨울 역시 그 계절만의 정취가 있다. 모든 도로가 다 이런 풍경을 선물하는 건 아니다. 나는 운이 좋았다. 매일같이 다니는데도 여전히 사랑스러운 길.

출퇴근 라이프를 시작하니 갑자기 집이 좋아졌다. 우스운 일이다. 집에서 일할 땐 그렇게 답답하고 지겹다며 나가고 싶다는 타령을 했는데 말이지. 주말 내내 요 아늑한 집에서 뒹굴다 월요일에 출근해보면 이번엔 또 성수동이 그렇게 반갑다. 역시 가끔 봐야 더 좋은 것이다. 당장 해야 할 급한 마감이 없는 날엔 뚝섬 한강공원이며 서울숲 주변을 한참 산책하고, 좀 더 의욕이 넘칠 땐 아예 멀리 드라이브를 간다. 춘천이나 인천, 양평 같은 곳으로 달려가 점심을 여유 있게 먹고 돌아오면 하루가 잘도 지나간다… 라고 쓰다 보니 앞서 프리랜서는 프리하지 않다며 정색한 게 민망해진다. 죄송합니다. 어쨌든 요런 즐거움도 운전이 준 선물이다. 혼자도 좋고 함께도 좋다. 상대방 눈치를 살피며 나 좀 태워줄 수 있냐고 묻는 것보단 타, 내가 좋은 데 데려다줄게, 하는 쪽이 훨씬 기분 좋다.

그렇게 운전을 도에 지나치게 사랑한 결과, 스멀스멀 몸에 군살이 붙기 시작했다. 대중교통을 이용한 건 알게 모르게 에너지를 꽤 쓰는 일인데 그걸 딱 그만뒀으니 당연하겠지.

버스와 지하철에 대한 나의 감정은 애증에 가깝다. 너무나 유용하고 소중하지만, 피곤한 일도 만만찮게 자주 생긴다. 모두들 아시잖아요, 세상에는 정말이지 괴이한 자가 많다는 것을….

물론 운전도 힘들긴 하다. 신경 쓸 것도 많고 돈도 꽤 든다. 그래도 일단 자동차 문을 잠그기만 하면 나 혼자라는 어마어마한 장점이 있는걸. 요게 최고지. 게다가 코로나바이러스의 대유행이 시작되면서 그 전보다 더욱 운전을 고집하게 되었으니 근육은 저 멀리로 달아나고 군살이 찰싹 달라붙을 수밖에. 그러잖아도 완경기에 접어드는 나이인데, 안 돼, 이러다간 큰일 나겠어. 더 신경 써서 걷고, 달리고, 움직이지 않으면 안 되겠어.

헬스장 등록 첫날, 인바디 결과를 들여다보곤 할 말을 잃었다. 이 체지방률과 복부지방률은… 이 정도면 삼국지에 나오는 동탁이 아닌가…. 내가 그렇게까지 주지육림 스타일로 살았던 것 같진 않은데, 언제 이렇게까지 됐지? 덕분에 정신이 번쩍 들어, 운동과 식사에 나름 신경 쓰게 되었다. 무려 PT 수업까지 등록했는걸.

등 떠밀려 하는 게 아니라 내 발로 찾아간 거라 그런지 즐겁게 운동한다. 숨넘어가게 힘들긴 해도 성취감이 더 크다. 열심히 해야 해. 체력이 약해지면 인내심이 금방 바닥나고 인상도 험악해진다고. 웃는 얼굴의 프리랜서가 되기 위해 오늘도 인터벌 트레이닝이다. 나 죽네, 헥헥….

운동에, 샤워까지 마치면 두 시간이 훌쩍 지나간다. 슬슬 노곤해지지만, 이제부터 집까지 한 시간을 운전해야 하니 정신 차려야지. 집 주변의 헬스장도 좀 찾아봤지만, 어째 심금을 울리는 곳이 없다. 뭐든 좋은 건 서울에 모여 있는 걸까? 나는 서울에서 나고 자랐고, 대학을 졸업한 후에 가족과 함께 용인으로 이사했다. 그때까지 굳이 운전할 생각을 하지 않은 건 볼 것, 할 것, 먹을 것이 몽땅 서울 안에 있어서다. 같은 배달앱도 서울에서 켤 때와 다른 지역에서 켤 때가 확연히 다르다(물론 서울 안에서도 꽤 차이가 난다).

대중교통 인프라도 마찬가지다. 용인에서 서울 어딘가에 가려면 버스든 지하철이든 최소한 한 시간 반에서 두 시간은 잡아야 한다. 그렇게 어렵사리 그놈의 서울, 그놈의 약속 장소에 도착하면 나 빼곤 다들 지각일 때가 많다. 집이 가까울수록 희한하게들 늦게 나오더라고. 다들 가만 안 둬.

그나마 용인은 접근성이 좋은 편이다. 더 먼 지역에 사는 사람들의 고충은 몇 배나 더 클 것이다. 어느 가을날의 일요일, 삼청동 골목을 떠올려보자. 국립현대미술관에 들러 전시를 구경하고, 한가롭게 삼청동 곳곳을 산책하다 인기 있는 디저트 카페에서 커피를 마시는 하루. 평범하지만 평범하지 않다. 누군가는 벼르고 별러 하루를 겨우 빼서, 몇 시간이나 걸려 서울에 도착해선 도장 깨기 하듯 걸음을 재촉해야 한다. 당장 교통비부터 꽤 드는데, 당일치기로 어려운 경우엔 숙박비까지 더해야 한다. 지역 간 불균형은 사람을 육체적으로, 정신적으로 고립시킨다. 같은 시간을 살지만 한참 뒤처질 수도 있고, 티도 잘 안 나는 노력을 해야 따라잡을 수 있다.

이런 생각을 하다 보면 내 미래에 대한 고민으로 자연스레 넘어간다. 언제까지 지금 사는 집에 살지, 다른 지역으로 이주하는 건 어떨지, 언제까지 장거리 출퇴근을 할지, 자산 현황과 전망은 또 어떤지 생각해본다. 건강해야 하는데, 아프면 모든 게 와르르 무너질지도 몰라. 공포감이 스멀스멀 밀려오더니 순식간에 부풀어 오른다.

안 돼, 안 돼. 급히 고개를 저으며 털어내본다. 이런 생각에 빠져봤자 좋을 거 하나 없어. 현재에 집중하는 거야. 일단 가자, 시내로. 오늘도 창밖 풍경을 즐기며 달리자.

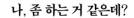

나, 좀 하는 거 같은데?

글의 제목부터 왠지 불길하다. 좀 하는 거 같다니, 대체 어디서 나온 자신감이야? 하지만 하나부터 열까지 확신이라곤 요만큼도 없던 초보 시절을 어떻게든 견뎌내고 나니, 불현듯 좁디좁던 시야가 확 넓어지는 순간이 찾아왔다. 띠디딕 소리를 내며 각도기가 양옆으로 펼쳐지는 느낌이다.

선배 운전자들이 그렇게들 강조하던 도로의 흐름이라는 것도 이젠 자연스레 눈에 들어온다. 그동안은 하도 '흐름,

흐름'거려서 꽤나 짜증 났지만(그놈의 흐름, 8천 번은 들었다) 드디어 의미를 알겠다. 그 흐름을 타고 부드럽게 주행하며, 사이사이 백미러와 사이드미러를 능숙하게 확인하는 나란 사람, 인간적으로 너무 섹시하네… 후후…. 도로 주행 연수를 받을 때만 해도 요 거울에 대해 엄청 투덜거렸었다. 뭐 하러 온 사방에 거울을 달았을까, 정면을 보는 것도 힘든데 이딴 거울을 언제 들여다보라는 거냐는 소릴 하던 과거는 이제 안녕이다. 그러고 보니 정말이지 말도 안되는 생각을 했구나.

그래서 과감히 초보운전 스티커를 뗐다. 그동안 요 스티커 덕을 본 적이 있었는지 생각해보면, 잘 모르겠다. 정말 모르겠다. 애초에 그런 걸 느낄 수 있는 운전자라면 이미 초보가 아닐 거다. 나는 그저 온 사방에다 대고 싹싹 비는 마음으로 붙였고, 차선을 바꿀 때마다 눈을 질끈 감고(오래 감고 있진 않았습니다, 진짜로요) 으아악 비명 지르며 핸들을 돌리곤 했다. 어쨌든 이젠 스티커도 없으니, 나는 더 이상 초보가 아닌 걸까?

공공기관 같은 데서 수료증을 발급해주는 것도 아닌데, 초보인지 아닌지를 어떻게 스스로 판단할 수 있을까? 이건 마치 언제 어른이 되었다는 걸 실감하게 되었냐는 질문 같다. 나로 말하자면, 신용카드를 긁는 게 더 이상 신기하지도 즐겁지도 않다는 걸 알게 된 후부터 어른이구나 싶었다. 기분 내며 긁어봤자 어차피 미래의 내가 싹 갚아야 하며, 그 미래라는 게 상당히 빨리 온다는 걸 뼈저리게(정말 뼈가 저린다) 느끼고 나니 기합이 바짝 들었다. 그때부턴 당장의 통장 잔고는 얼마이며 예정된 수입은 얼마인지를 진지하게 따져가며 계획적으로 신용카드를 사용해야겠다고 생각했다. 정말 너무 어른이다. 정해진 날짜에 정해진 급여를 받지 않는 프리랜서라 더 예민해질 수밖에 없기도 했고.

운전 이야기로 돌아가자. 벼르고 별러 나름 20시간의 도로 주행 연수까지 받았지만, 처음엔 모든 게 그저 무섭기만 했다. 차에 시동을 거는 순간부터 다시 내 집 주차장에 얌전히 주차할 때까지 부디 예측 가능한 일만 일어나주길 바랐다. 하지만 그럴 리 없지. 당황스러운 순간은 언제 어

디서든 생긴다. 좁은 골목에서 차 두 대가 애매하게 마주
보게 되는 상황이라든가, 지옥의 소용돌이 같은 로터리 입
구에서 잔뜩 당황한 채 내비게이션이 말하는 열 시 방향이
대체 뭔 소리인지 헷갈릴 때. 열 시라니, 지금은 오후 두 시
반인데 대체 무슨 소리야. 후진 주차도 매번 긴가민가한데
당장 평행 주차를 해야 할 때 등등. 그럴 때마다 나를 지
배한 감정은 단연 공포였다. 눈에선 눈물이, 겨드랑이에선
겨땀이 흘렀다. 무서워, 너무 무서워!

그런데 언제부턴가, 요런 비슷한 상황에서 내가 더 이상 무
서워하지 않는다는 걸 알아차렸다. 대신, 요걸 어떻게 해결
해야 하는지 머릿속으로 하나둘 순서를 따져가며 살살 빠
져나가고 있는 거다. 아주 자연스럽게. 길바닥에 차를 버려
두고 냅다 달아나고만 싶었던 숱한 날들이 여전히 생생한
데, 어느새 이렇게나 성장했구나. 정말이지 많이 컸다.

슬슬 다음 단계로 넘어갈 차례다. 간이 배 밖으로 나오
는 단계. 많은 사람이 나에게 비슷비슷한 충고를 했었다.

운전 재밌지? 딱 그맘때 사고 한 번 나니까 조심해. 이런 말을 들으면 몹시 기분이 나쁘다. 참 나, 저주하는 거야 뭐야?

하지만 한편으론 이해가 되긴 했다. 사실, 요즘 들어 자꾸만 액셀을 더 세게 밟고 싶어지긴 했거든. 창문을 싸악 내리고선 팔꿈치를 창틀에 턱 걸친 채 핸들을 휙휙 돌리는 내가 너무 멋있기도 하고. 그동안은 정신 사나워서 음악도 잘 듣지 못했지만, 이젠 볼륨을 팍팍 높여놓곤 큰 소리로 따라 부르며 달린다. 나의 멋짐을 주체할 수가 없다. 슬금슬금 기어다니던 주차장에서도 부아앙 속도를 낸다(절대 이러면 안 됩니다, 당시 제가 간이 부어서 그랬던 겁니다).

혼자 있을 때도 이렇게 진상인데, 동승자라도 있을 때 보란 듯이 더욱 허세를 부리고 싶어진다. 주차도 굳이 한 큐에 끝내버리겠다며 날카로운 눈빛으로 각도를 측정해 주차선 안으로 차를 홱 밀어 넣고 말이지. 그러다 사이드미러를 통째로 뽑아먹을 뻔한 건 비밀이다. 하이고, 그래도 그

시절에 별다른 사고가 없었던 건 지금 다시 생각해봐도 기
적이다, 기적. 초보 운전자의 신께서 도와주신 게 아닐까?
너 이 자식, 딱 오늘까지만 내가 봐주는 거야, 라면서.

어쨌든 그렇게 일단 한번 배 밖으로 나온 간은 좀처럼 다
시 들어갈 생각을 하지 않는다. 바깥 구경이 좋은 게지. 그
리고 슬슬 다른 운전자들을 평가하기 시작한다. 거만한
자세로 온 사방의 차를 내려다보며 간섭하는 거다. 저 차
는 왜 저럴까, 후딱 좀 지나가지 말야. 허 참, 쟤는 왜 저따
위로 운전할까. 흐름이 깨지잖아. 운전대를 잡은 첫날부터
여기저기서 들은 핀잔을 마음속에 차곡차곡 적립해뒀더
니, 이젠 내 입에서 하나씩 튀어나오는 모양이다. 솔직히,
쌓인 게 좀 많긴 했어.

그나마 요런 건 차 안에서 혼잣말로 하는 거기나 하지, 진
짜 문제는 따로 있다. 운전을 하지 않는 사람들에게, 그들
이 요청한 적 없는 충고를 너무너무 하고 싶어졌다는 것.
야, 너도 할 수 있어. 운전을 하면 인생이 달라진다니깐?

과거로 돌아갈 수 있다면 그 시기의 내 뒤통수를 세게 때려주고 싶다. 그런 소릴 듣는 걸 누구보다 싫어했으면서, 대체 왜 그랬을까? 민망스럽고 미안하다. 한편으론 그때의 나, 되게 신났었구나 싶어 웃음이 나오기도 한다. 우당탕탕 엉망진창이면서도 매일같이 달리고 또 달렸고, 온갖 당황스러운 순간을 맞닥뜨릴 때마다 식은땀을 뻘뻘 흘리며 임기응변력을 키웠다.

곧 10년 차 운전자가 될 것이다. 20년 차도 금방이겠지. 그때 가서 다시 이 글을 읽는다면 어떤 기분이 들지 궁금하다. 하이고, 너나 잘하세요, 라며 웃지 않을까.

1인 가구 운전자의 소망

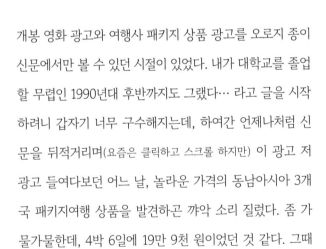

개봉 영화 광고와 여행사 패키지 상품 광고를 오로지 종이 신문에서만 볼 수 있던 시절이 있었다. 내가 대학교를 졸업할 무렵인 1990년대 후반까지도 그랬다… 라고 글을 시작하려니 갑자기 너무 구수해지는데, 하여간 언제나처럼 신문을 뒤적거리며(요즘은 클릭하고 스크롤 하지만) 이 광고 저광고 들여다보던 어느 날, 놀라운 가격의 동남아시아 3개국 패키지여행 상품을 발견하곤 꺄악 소리 질렀다. 좀 가물가물한데, 4박 6일에 19만 9천 원이었던 것 같다. 그때만 해도 비수기엔 그런 말도 안 되는 가격이 가능했다. 패키지여행은 처음이라 뭐가 뭔지 잘 모르긴 하지만, 그래도 이건 꼭 잡아야 해!

냉큼 여행사에 전화를 걸었다. 네 고객님, 몇 분이 가시는 건가요? 한 명이라고 대답하니 담당자가 조금 난감해한다. 호텔 2인 1실 이용 기준이라 당장은 예약을 확정하기 어렵다며, 나처럼 혼자 가려는 사람이 또 있어야 한다는 거다. 당황했다. 출발일 전까지 1인 여성 여행자가 또 나올지도 불확실하고, 그렇게 된다 해도 전혀 모르는 사람과 몇 박 며칠간 한방을 써야 하는 것도 망설여지니까.

그렇게 이야기하자, 추가금을 내고 방을 혼자서 쓰는 방법도 있다고 했다. 담당자는 '싱글차지'라는 생전 처음 들은 표현을 썼다. 아마도 콩글리시겠지? 싱글차지는 꽤 비쌌다.

그때나 지금이나 나는 혼자 여행하는 걸 좋아한다. 어지간하면 혼자 다닌다. 외롭거나 불안할 때도 있지만, 홀가분하고 마음 편한 게 더 크다. 1인분을 팔지 않는 식당에선 좀 섭섭하지만, 그래도 이젠 익숙하지 뭐. 그러다 가끔 서너 명이서 여행을 가면 흠칫 놀란다. 밥 한 끼를 사 먹든 몇 박씩 숙박하든, 갑자기 여행 경비 부담이 확 줄어든다. 아니, 이것도 먹고 저것도 먹었는데 돈이 요것밖에 안 나온다고? N빵의 마법, 최고네!

여행할 때만 그럴 리 없지. 1인 가구는 삶의 많은 부분에서 싱글차지를 낸다. 형태는 다양하다. 때론 노동이기도, 때론 돈이기도 하다. 유난히 버거운 날엔 누군가와 나누어 부담하면 좋겠다는 마음과, 그랬다간 지금의 자유로움과 홀가분함이 줄어들 거란 생각이 머릿속에서 대립한다. 뭐, 일단은 눈앞의 일을 해결하는 게 먼저니, 한숨 한번 크게 쉬고선 하던 대로 해나간다. 괜한 걱정에 빠지는 대신 어서어서 힘을 내야지. 그렇게 마음을 다잡으며, 운전 역시 혼자서 꿋꿋하게 잘하고 있다. 에헴.

코앞의 차선 변경이 인생 최대의 난관이던 때도 있었지만, 이제 운전은 당연한 일상이 되었다. 무섭거나 부담스럽지 않은 자연스러운 일. 슬슬 마음속 깊은 곳에 숨겨뒀던 소망을 꺼내봐도 될 것 같다. 나에겐 운전과 관련한 두 가지 소망이 있다. 상상만으로도 벌써 두근거리는 소중한 꿈인데….

우선 하나는, 여행지에서 자동차를 렌트하는 것. 그렇게 자주, 그렇게 멀리 여행을 다녔으면서도 아직 경험이 없다. 특히 몇 년 전의 셀프 안식년을 떠올리면 무척이나 아쉽다. 프리랜서로 일한 지 20년을 꽉 채운 기념으로 1년간 배 째고 쉬었는데, 태국과 포르투갈, 스페인과 튀르키예의 여러 도시에서 몇 달씩 길게 머무는 여행을 하며 매일같이 실컷 책을 읽었다. 시간이 어찌나 남아돌던지 책 읽는 것 말곤 딱히 할 게 없었다. 하이고, 그럴 때 자동차를 렌트해서 여기저기 돌아다녔다면 얼마나 좋았을까! 포르투갈 해안도로며 튀르키예 고속도로를 달려볼 기회였잖아. 이웃 나라도 가볍게 돌아볼 수 있었을 거고.

하지만 운전을 시작한 지 2년이 채 되지 않았을 때라 영 엄두가 나지 않았다. 이제 와서 생각하니 으휴 바보야, 그냥 저질렀어야지 싶지만 그땐 잔뜩 쫄았었다. 렌트는커녕 귀국해서 다시 운전할 수 있을지, 그동안 배운 걸 홀랑 까먹진 않을지가 더 걱정이었지.

이젠 그때만큼 막막하거나 겁나진 않는다. 영국이나 태국, 호주 등 운전석이 오른쪽인 나라에선 좀 헷갈리겠지만, 일단 해보면 곧 익숙해질 것이다. 다들 하는 거면 아주 높은 확률로 나도 할 수 있을 거다.

그보다는 돈이 더 문제다. 혼자서 자동차 렌트 비용을 감당하는 건 아무래도 꽤 부담스럽다. 요럴 때만 일행이 뿅하고 나타나면 좋겠다. 네 명쯤 모여서 돈도 나눠 내고 운전도 나눠 하면 좋을 텐데. 택시를 전세 내는 것도 그렇다. 인기 있는 여행지에선 종종 반나절이나 한나절 동안 택시를 통째로 빌리는 투어 상품을 발견하곤 하지만, 혼자서는 비용이 부담스럽고 안전 문제에도 취약할 거라 망설여진다. 에잇, 이놈의 싱글차지 인생.

그렇지만 이러니저러니 투덜거리긴 해도, 당장이라도 실현하려면 할 수 있다. 국제운전면허증을 후다닥 발급받아 어디든 날아가면 되고, 다른 데 쓸 거 아껴서 자동차 렌트비 내면 되지 뭐. 문제는 두 번째 소망이다. 나는 내 개를 차에 태우고 이곳저곳 신나게 돌아다니고 싶다. 첫 차를 계약한 날부터 줄곧 그 생각을 한다.

내 개는 생후 50일쯤 되었을 때 나를 만났고, 열다섯 살에 죽었다. 그 정도면 오래 살았네, 라는 남의 말을 들으면 울컥하게 된다. 평균 수명이 어쩌고, 다른 집 개들은 어쩌고 하는 소리 따위가 다 무슨 소용이람. 개를 생각하면 많은 것이 후회스럽다. 못 해준 것, 잘못한 것만 떠올라 질식할 것 같다. 나는 여러모로 무책임한 반려인이었다.

1인 가구로 독립하기 전의 일이고, 운전을 시작하기 훨씬 전의 일이다. 지금은 30평대의 널찍한 아파트에 혼자 사는

데다, 무엇보다 내 차가 있다. 나름 SUV라고. 문득문득 생각한다. 지금이라면 다를 텐데, 좀 더 책임감 있게 보살펴줄 텐데, 더욱 쾌적하게 살게 해줄 텐데. 지금이라면 기꺼이 나를 바꾸어 너에게 최고의 시간을 만들어줄 텐데.

하지만 개는 죽었고, 돌아오지 않는다(돌아오면 좀 무서울 것 같다). 새로운 개를 만나면 어떨까? 자동차 옆자리든 뒷자리든 언제나 넉넉히 비어 있으니, 내 마음만 준비된다면 당장이라도 가능한데 말야. 하지만 아직은 자신이 없어 주춤주춤 뒷걸음질만 치고 있다.

그래도 언젠가는, 하며 기다려본다. 운전, 시작하길 잘했네. 운전 덕분에 오랜만에 다시 꿈을 꾸어본다. 그래, 언젠가는….

운전의 기쁨과 슬픔

운전을 해야 진정한 어른이 된다고 말하는 자들이 있다. 재수 없다. 결혼하고 아이를 낳아야 진정한 어른이란 소리랑 비슷하게 재수 없다. 얘기하는 쪽에선 진지한 얼굴로, 진심으로 너를 위해서 하는 충고라지만 듣는 쪽에선 그냥 재수 없다. 하루하루 열심히 사는 사람의 에너지를 쪽쪽 뽑아가는 뱀파이어 같다. 악의로 가득한 뱀파이어도 싫지만, 선의로 가득한 뱀파이어는 수십 배는 더 골치 아프다. 하지만 일일이 상대해봤자 피곤하기만 할 뿐 씨알도 먹히지 않으니, 그냥 짧게 대답하고 입을 꾹 다문다. 제가 알아서 할게요, 라고. 정말 그렇다. 뭐가 되었든, 각자 알아서 하면 된다.

대중교통 노선이 촘촘히 깔린 동네에 계속 살았다면 지금도 여전히 운전을 시작하지 않았을지도 모른다. 산을 깎아 난개발한 지역에 새로 조성된 아파트 단지로 이사 가지만 않았다면.

가장 가까운 버스정류장까지는 꽤 가파른 오르막길을 올라가야 하는데(심폐기능에 도움이 되긴 할 것 같다), 달랑 하나 있는 마을버스는 몇십 분을 꼬박 기다려야 탈 수 있고 그나마도 빨리 끊긴다.

월요일부터 금요일까지 거의 외출하지 않은 채로 집안에 콕 박혀 일하고 생활하면서, 얼른 주말이 되어 애인이 차를 몰고 와주길 기다렸다. 날 좀 데리고 시내로, 사람 많은 곳으로, 최소한 카페라는 곳이 존재하는 동네로 가줬으면

했다. 남이 만들어주는 커피가 너무 마시고 싶었다. 애인에게 매번 고맙기도 하고 미안하기도 했지만, 주말은 원래 데이트하는 거니까 뭐 어떠냐며 불편한 마음을 대충 얼버무렸지.

하지만 문제가 없진 않다. 나는 여기에 갇혀 있고(라푼젤이야 뭐야) 상대방에겐 기동력이 있으니, 둘 사이 힘의 균형이 깨진다. 물론 애인이 나에게 힘을 과시하거나 재수 없게 굴었다는 건 아니다. 이자는 성격이 꽤 좋다. 만약 반대 상황이었다면 나는 꽤 진상을 부렸을 것이다. 야, 물 떠 와, 어깨 주물러봐, 허리 좀 밟아봐….

어쨌든, 애인은 별말 없지만 내 마음이 불편하다. 아무리 나를 모시러 오고 모셔다 줘도 불편한 건 불편한 거다. 차 안에선 핸들 잡은 사람이 왕인데, 나는 왕이 되고 싶었다. 나에게 그런 면이 있다는 걸 그때는 잘 몰랐다가, 운전에 익숙해지고 나서야 슬슬 깨달았다. 남에게 부탁하는 것보단 내가 주도해서 이끌고 싶고, 핸들도 권력도 꽈악 잡고 싶다. 요즘도 나는 가족이나 친구 모임이 있을 때면 으레 운전을 하겠노라 나서는데, 봉사 정신이 있어서가 아니라 생색을 내고 싶어서다. 봐라 이것들아, 나의 화려한 핸들링을! 어서 고맙다고 엎드려 절을 해! 죄송합니다. 정말 성격이 왜 이 모양일까요.

이런 독재자 같은 면이 좀(이 아니라 많이) 있다 보니, 운전은 물론이고 생활 전반에 대해 간섭받는 걸 몹시 싫어한다. 식사고 쇼핑이고 운동이고 뭐고, 어지간한 건 혼자 하는 게 속 편하다. 물론 이래 봬도 사회인 이십여 년 차라, 맞춰 드려야 하는 자리에선 나름 성실히 맞춰드리고 있긴 하지만. 하여간 력 중의 력, 기동력을 쟁취하고 나니 아쉬운 소리 할 필요 없이 내 힘으로 이곳저곳 갈 수 있게 되어 속 시원하다.

옷을 입을 때 날씨의 영향을 덜 받게 된 것도 좋다. 한겨울에 롱패딩을 껴입고 대중교통에 타면 금세 땀이 배어 나온다. 버스나 지하철을 기다리는 동안은 발을 동동 구르며 추위에 떨다가, 막상 차 안에선 히터의 열기와 사람들의 체온으로 금세 찜통이 되는 거다.

여름도 마찬가지다. 땀 뻘뻘 흘리며 손부채질을 하다가 차에 타면 에어컨 바람에 땀이 차게 식어 냉방병에 걸리기 쉽다. 하지만 사람마다 편안하게 느끼는 온도가 다를 테니 불평하기도 어렵다.

내 차로 출퇴근하기 시작하면서는 딱 나 한 명을 위해 온도를 조절할 수 있게 되었고, 덕분에 간절기 옷을 한 번이라도 더 입는다. 옷 중에서 가장 어여쁜 간절기 옷… 그렇지만 입을 기회가 참으로 짧은 비운의 옷….

그렇다고 해서 무조건 내 차가 최고라는 건 아니다. 당연하죠. 시내버스와 고속버스, 지하철과 택시, KTX와 SRT 등등, 우리에겐 다양한 대중교통 옵션이 있다. 종종 그쪽이 더 빠르고 저렴하다. 나는 '운전하느냐 마느냐'라는 선택의 여지가 생긴 게 기쁘다. 옵션은 풍부할수록 좋다. 가볍게 움직이고 싶을 땐 대중교통을, 멀리 다녀와야 하거나 짐이 많을 땐 운전을 선택한다. 삼청동 국립현대미술관에 차를 주차한 후 미술관과 그 주변을 여유롭게 산책하는 즐거움을 이젠 안다. 고양시와 파주의 대형 화훼단지에서 마음에 드는 식물을 요것조것 골라 트렁크에 싣고 집으로 돌아가는 기쁨도 이젠 안다.

좋은 이야기만 잔뜩 썼는데, 그게 사실이라서 그랬다. 운전을 해보니 요런 건 영 별로더라는 건 좀체 찾을 수 없었다. 어딘가 단점이 있긴 할 텐데, 장점이 워낙 커서 싸악 덮어버리는 모양이다. 자동차 유지비가 꽤 들긴 하지만, 그건 제반 비용이지 단점은 아니다. 열심히 돈 벌어야지 뭐. 운동량이 줄어들지만, 짬 나는 대로 운동해야지 뭐. 주차 공간이 부족하지만, 눈을 부라리며 찾아야지 뭐. 그런 이유 때문에 운전을 포기할 마음 따윈 요만큼도 없다. 불혹의 나이, 드디어 기동력이라는 슈퍼파워를 쟁취했는걸요. 아낌없이 써먹어야죠.

epilogue

닫아둔 지 몇 년이나 된 블로그에 접속했다. 자동차를 사기로 마음먹었던 날, 도로 주행 연수를 시작했던 날, 얼떨결에 고속도로에 진출했던 날에 쓴 일기를 다시 읽고 싶었다. 오래전의 일기를 펼쳐 마주하려니 몹시 쑥스러웠지만 그래도 궁금했다. 그때 나는 대체 어떤 기분이었을까?

하이고, 문장 사이사이에서 아드레날린이 흘러넘치고 있었다. 비명과 혼란과 환희가 폭발하고 있었다. 내가 이랬다고? 정말? 맞다, 그랬다. 너무 무섭고 긴장되면서도 재미있어서 어쩔 줄 몰랐었다. 핸들을 이리저리 꺾으며, 말도 안 되는 실수도 숱하게 저질렀다. 지금의 나라면 혀를 쯧쯧 찰 법한 실수들. 그때의 일기를 한 편 한 편 읽어보고, 오늘의 이야기를 더해나갔다. 느릿느릿 써나가기 시작했는데 어느새 시속 120km로 가속도가 붙었다. 할 이야기가 꽤 많았나 보다.

운전은 내 삶을 바꾸어놓았다. 예상했던 것보다 훨씬 크고 훨씬 깊은 변화다. 기동력을 손에 얻으니 온갖 가능성이 싹을 틔웠고, 금세 일상의 스케일이 커졌다. 마흔 살, 두려움을 안고서 선택한 덕분에 멋진 전환기를 맞이했다.

일찌감치 면허를 취득해놓고서도 오랫동안 운전을 미룬 이유는 여러 가지다. 방향치에, 겁도 많다. 거리 감각도 부족하다. 나도 남도 위험하게 만드느니, 세계 평화를 위해 그냥 가만히 있는 게 최선일 것 같았다. 인간은 미지의 행복보다 익숙한 불행을 선택하는 경향이 있다는데, 과연 그때는 하나같이 합리적인 이유라고 생각했지만 돌이켜보니 하나같이 변명이다.

뭐, 덕분에 아무 일도 일어나지 않았고, 나도 남도 안전하기 했다. 하지만 나는 운전을 했어야 했다. 잔뜩 긴장한 채 부들부들 떨며 도로에 나갔어야 했다. 그걸 알면서도 못 들은 척 귀를 막고, 입가에 변명을 머금고서 십수 년을 미뤘다.

인생은 길다. 내가 지금 몇 살이든, 대충 타협하고 포기하기엔 언제나 너무 이르다. 그런 식이라면 다른 많은 것들도 손사래 치며 지레 포기하게 될 것이다. 이쯤에서 마무리하자며 대충 얼버무리고 말 것이다. 다음 장으로 넘어갈 수 있는 힘이 있는데도 그러는 건 너무 아깝다.

아직 늦지 않았다. 늦다니, 그런 게 어딨어. 지나온 날에만 사로잡혀 잔뜩 센치해지는 대신, 부릉부릉 시끄럽게 내일을 향해 달리겠다. 함께 하시겠습니까.

마침내 운전

초판 1쇄 인쇄 2023년 4월 25일
초판 1쇄 발행 2023년 5월 3일

지은이 신예희
펴낸이 이범상
펴낸곳 (주)비전비엔피 · 애플북스

기획 편집 이경원 차재호 김승희 김연희 고연경 박성아 김태은 박승연 박다정 이정주
디자인 최원영 이설
마케팅 이성호 이병준
전자책 김성화 김희정
관리 이다정

주소 우) 04034 서울특별시 마포구 잔다리로7길 12 (서교동)
전화 02) 338-2411 ㅣ **팩스** 02) 338-2413
홈페이지 www.visionbp.co.kr
인스타그램 www.instagram.com/visionbnp
포스트 post.naver.com/visioncorea
이메일 visioncorea@naver.com
원고투고 editor@visionbp.co.kr

등록번호 제313-2007-000012호

ISBN 979-11-92641-12-6 03810

도서에 대한 소식과 콘텐츠를
받아보고 싶으신가요?